공부의 기술

싫어도 절대 포기할 수 없는 공부,
공부의 고수들이 들려주는

공부의 기술

후지요시 유타카 · 오가와 마리코 지음 / 정지영 옮김

북스힐

이 책은 뛰어난 공부법 관련 서적 100권의 핵심을 한 권에 담은 것이다. 100권을 선정할 때 다음과 같은 기준을 따랐다.

'대학교수, 학원 강사, 뇌과학자, 저널리스트, 세미나 강사, 평론가, 고학력 유명인이 터득한 공부법 요령을 한 권에 담는다.'

'박학다식한 사람, 인풋을 잘하는 사람, 공부를 즐기는 사람이 중요하게 여기는 요령을 중요한 항목부터 순서대로 익힌다.'

따라서 한 가지 공부법이 아니라 많은 전문가가 공개한 다양한 공부법이 담겨 있다. 노트에 메모하기, 여러 번 읽고 외우기, 소리 내어 외우기, 문제를 반복해서 풀기 등 다양한 선택지가 있다.

이 책을 제작하면서 필자들은 공부법, 독서법, 인풋법을 다룬 뛰어난 저서 100권을 정독했다. 그 결과, 공부법에 정통한 사람, 공부를 잘하는 사람 대부분이 인정하는 공통의 노하우가 있다는 사실을 발견했다.

이 책에서는 **100권의 공부법 책에 담겨 있는 공통 노하우를 밝혀 순위를 매기고, 중요한 순서에 따라 소개**한다.

✓ 순위 매기기

공부법 저자 대다수가 중요하다고 생각하는 공통 노하우를 모으기 위해 다음과 같은 순서를 거쳤다.

▶▶ 공부법을 주제로 다룬 책 100권 구매하기

공부법, 독서법, 인풋법의 베스트셀러, 스테디셀러를 구매했다. 선정 기준은 260쪽에 자세히 설명되어 있다.

▶▶ 어느 책에 어떤 노하우가 적혀 있는지 찾아보기

책을 정독하고, 중요하다고 강조한 노하우를 찾았다.

▶▶ 공통 노하우를 리스트로 만들기

노하우를 비슷한 내용별로 정리하고, 실린 책을 세어보았다.

- 복습의 필요성을 언급한 책은 ○권
- 계획 세우는 방법을 언급한 책은 ○권
- 시간 사용법을 언급한 책은 ○권
- 참고서 선택에 관해 언급한 책은 ○권

▶▶ 노하우의 순위 정하기

게재된 책의 권수에 따라 노하우의 순위를 매겼다.

위 과정을 거쳐 매긴 순위와 그 내용은 다음과 같다.

고수들의 공부 비법 베스트 40

➲ 가장 중요한 공부 기본 법칙 8가지

1위 반복해서 복습하기
2위 목적과 목표를 명확히 설정하기
3위 효율적인 휴식으로 학습의 질 높이기
4위 보상으로 도파민 활성화하기
5위 목표에서 역산해 계획 세우기
6위 틈새 시간 활용하기
7위 집중력을 높이는 공간 만들기
8위 벼락치기를 멀리하고 잠을 푹 자기

➲ 학습 효율을 높이는 핵심 포인트 12가지

9위 노트 작성할 때는 활용을 염두에 두기
10위 다른 사람에게 배우기
11위 속도를 내거나 암기보다 내용 이해하기
12위 배우는 대상에 흥미 갖기
13위 실패해도 지나치게 반성하지 않기
14위 다른 사람에게 말해 기억에 남기기
15위 맞지 않는 방식 고집하지 않기
16위 속독법 터득하기
17위 시간제한을 두어 집중력과 기억력 향상하기
18위 쉬운 참고서나 입문서로 시작하기
19위 운동으로 뇌 단련하기
20위 오감을 총동원해서 배우기

➔ 목표를 위해 꾸준하게 공부하는 노하우 20가지

21위 인풋을 하면 반드시 아웃풋하기
22위 아침과 밤을 구분해서 활용하기
23위 기출문제 잘 활용하기
24위 함께 발전해나갈 친구 사귀기
25위 의문이 생기면 바로 조사하기
26위 소리 내어 읽어 기억력 향상하기
27위 기초를 철저히 공부하기
28위 다른 사람 신경 쓰지 말고 자신에게 집중하기
29위 꾸준히 조금씩 쌓아 올리기
30위 성적에 도움이 되는 식사로 바꾸기
31위 아낌없이 투자하기
32위 시험 볼 때는 풀 수 있는 문제부터 풀기
33위 멀티태스킹을 하지 않기
34위 미루지 말고 지금 하기
35위 많은 학습량 소화하기
36위 공부 내용을 자주 바꾸기
37위 자기 수준을 정확히 파악하기
38위 부족한 과목에서 기회 찾기
39위 루틴이나 의식을 정해 집중력 높이기
40위 적당한 스트레스로 능률 높이기

✓ 순위 활용법과 책의 구성

100권의 공부법 책에서 찾아낸 40항목을 세 종류로 나누었다.

▶▶ Part1: 1~8위

많은 저자가 가장 중요하다고 설명한 8가지 노하우.

입학시험, 자격증 시험, 업무 기술을 갈고닦기 위한 공부, 교양을 갖추기 위한 공부 등 공부의 목적을 불문하고 모든 사람에게 필요한 기본 규칙을 모았다.

이 8가지 노하우는 **효율적으로 공부하고, 지식을 잘 저장하며, 동기 부여를 높이는 데** 꼭 필요하다.

▶▶ Part2: 9~20위

1위에서 8위까지 이해하고 난 뒤 공부의 효율을 높이기 위해 필요한 노하우.

▶▶ Part3: 21~40위

저자에 따라 의견이 다양한 노하우.

20위까지 파악한 뒤 받아들이면 목표 달성에 도움이 될 것이다.

이 책에서 필자들은 **공부법 안내자 역할**을 한다. 필자들의 생각을 삽입하지 않고, 100권에 소개된 내용을 객관적이고 기술적으로 모아 공통의 노하우를 뽑은 다음 항목별, 요점별로 정리해 중요한 순서에 따라 나열했다.

항목별로 내용이 완결되어 있기 때문에 어디서부터 읽어도 상관없이 각 포인트를 체계적으로 이해할 수 있다.

공통 노하우라는 키워드

다수의 책에서 소개하는 공통 노하우, 규칙, 요령에 주목해 다시 정리했다. 예를 들어, 단기간에 반복적으로 복습하면 기억에 잘 남는다고 다수의 책에 나와 있는 공부법은 대다수 저자가 인정한 '공통 노하우'가 된다.

> ◉ 공통 노하우
>
> 공부의 고수, 수험 지도 전문가, 지혜 있는 사람, 지식인 등 공부법 책을 쓴 저자 대다수가 중요하게 여기는 노하우를 말한다.

많은 책에서 강조한 노하우라면 그만큼 중요하다는 의미다.

100권의 책 중에서 딱 한 권에만 소개된 노하우는 그 저자의 독자적인 노하우, 혹은 그 책의 저자는 중요하다고 생각하지만 다른 저자는 중요시하지 않는 노하우일 가능성이 높다.

100권 중에서 50권에 등장하는 노하우와 100권 중에서 한 권에만 등장하는 노하우가 있다면 50권에 나오는 노하우가 범용성, 일반성, 재현성이 높다고 할 수 있다. 즉 **터득하기 쉽고, 따라 하기 쉬워 많은 사람에게 도움이 되는 노하우**라고 해석할 수 있다.

한 번만 소개된 노하우보다 다수의 책에 소개된 노하우를 먼저 익히면 효율적으로 공부할 수 있으며, 공통 노하우를 의식하고 공부하면 재능이 있든 없든 지식을 늘릴 수 있을 것이다.

이 책의 장점

이 책의 장점으로는 다음 9가지를 꼽을 수 있다.

이 책의 장점 9가지

① 뇌 구조를 바탕으로 기억이 정착되는 방식을 알 수 있다.
② 재능에 상관없이 누구나 학습 능력과 지식을 습득할 수 있다.
③ 동기 부여를 유지하는 방법을 알 수 있다.
④ 집중력을 높이기 위한 시간 사용법을 알 수 있다.
⑤ 공부하는 것이 좋은 이유를 알 수 있다.
⑥ 공부를 즐기기 위한 마음가짐을 알 수 있다.
⑦ 자신에게 맞는 공부법을 알 수 있다.
⑧ 입학시험, 자격증 취득, 기술 향상 등 목적이 무엇이든 적절한 공부법을 찾을 수 있다.
⑨ 최단 거리, 최단 시간에 성과를 내는 공부법을 알 수 있다.

대상 독자

이 책은 직업, 연령, 목적과 상관없이 많은 사람이 학습 능력을 향상하고 지식을 늘리는 데 도움이 되도록 구성되어 있다.

- **입학시험을 앞두고 있는 학생(또는 그 부모)**
- **학교 성적을 올리고 싶은 학생(또는 그 부모)**
- **자격증 취득을 고려하는 사람**
- **일반 교양을 습득하고 싶은 사람**
- **기술 또는 경력 향상을 위해 지식이나 기술을 습득하고 싶은 직장인**
- **학원, 학교의 강사나 교사(공부를 가르치는 사람)**

"공부법 서적이 많아 어떤 책을 읽어야 할지 모르겠다."

"필요한 정보나 데이터를 인풋하는 방법을 알고 싶다."

"더 효율적인 공부법으로 바꾸고 싶다."

"다양한 공부법 책을 읽었지만 아무런 성과가 없었다."

"공부를 못하는 아이도 질리지 않는 공부 구조를 만들고 싶다."

"공부를 하고 싶지만 정해진 시간을 낼 수가 없다."

"공부를 시작해도 항상 작심삼일이다."

이런 고민을 가진 사람들에게 도움이 된다면 더할 나위 없이 기쁠 것이다.

-후지요시 유타카, 오가와 마리코

차례

PART

2 학습 효율을 높이는 핵심 포인트 12가지

9~20위

PART

3 목표 달성을 위해 꾸준하게 공부하는 노하우 20가지

PART 1

100권의 책에서 찾은 가장 중요한 기본 법칙 8가지

1~8위

1위

반복해서 복습하기

> **POINT**
> 1. 복습을 많이 할수록 기억에 잘 남는다.
> 2. 첫 번째 복습은 다음 날까지 한다.
> 3. 이미지나 에피소드로 기억한다.

1위는 '반복해서 복습하기'이다.

100권의 공부법 책 중 51권에서 복습과 반복의 중요성을 강조한다. 복습이 중요한 이유는 **우리 뇌가 반복해서 외운 것을 더 잘 기억하는 구조로 되어 있기 때문이다.**

복습의 중요성을 뒷받침하기 위해 공부법 책의 대다수가 언급한 기억의 구조와 뇌의 작용을 이해하고 공부하면 훨씬 효율적으로 기억할 수 있다.

사람이 어떻게 모든 일을 기억하는지 모른 채 공부하면 들인 고생에 비해 얻는 것이 빈약하다.

뇌 연구자 이케가야 유지 교수도 《기억력 학습법》(지상사,

2016)에서 **"뇌에는 뇌만의 성질이 있다. 이 성질을 따르지 않으면 아무리 노력해도 기억력이 전혀 향상되지 않는다"**라고 말한다.

1. 복습을 많이 할수록 기억에 잘 남는다

기억은 저장되는 시간의 길이에 따라 단기 기억과 장기 기억으로 나뉜다.

> ⊙ 단기 기억
>
> 지속 시간이 짧은 기억. 금방 기억되는 반면, 빨리 잊는다. 저장되는 정보의 용량(개수)에 한계가 있어 한 번에 많은 것을 기억할 수 없다. 뇌에 있는 해마가 담당한다.
>
> ⊙ 장기 기억
>
> 정보를 장기적으로 저장하는 기억. 정보를 저장할 수 있는 용량이 크다. 뇌에 있는 대뇌피질이 담당한다.

단기 기억은 지속되는 시간이 몇 초에서 1분, 길어야 몇 분 정도인 비교적 짧은 시간 동안 정보를 저장하는 것이다. 모든 정보는 일단 단기 기억으로 저장된다. 그런 다음 중요하다고 판단된 것만 대뇌피질로 보내 장기 기억이 된다.

기억의 구조

- 정보 → 단기 기억 → 해마가 중요하지 않다고 판단 → 잊는다
- 정보 → 단기 기억 → 해마가 중요하다고 판단 → 장기 기억(대뇌 피질) → 계속해서 기억한다

단기 기억과 장기 기억을 설명할 때 흔히 전화번호를 예로 든다. 주소록, 메모, 명함 등을 보면서 전화를 걸 때 전화번호는 단기 기억으로 저장된다. 단기 기억은 지속되는 시간이 짧으므로 전화를 끊을 무렵에는 그 정보를 잊는다.

하지만 여러 번 같은 번호로 전화를 걸다 보면 번호를 확인하지 않아도 걸 수 있다. **반복을 통해 해마에서 그 전화번호가 중요하다고 판단하면 장기 기억으로 이동하기** 때문이다.

흔히 말하는 '기억하고 있다', '기억난다'라는 상태는 정보가 장기 기억으로 저장된 상태를 말한다. 우리가 **공부한 내용을 금방 잊어버리는 이유는 그것이 장기 기억으로 이동하지 않았기 때문**이다.

스웨덴의 정신과 의사 안데르스 한센은 **"오래 기억할 가치가 있는 기억은 해마에서 장기 기억으로 이동한다. 오늘 아침에 양말을 신은 기억은 후세에 남길 만한 가치가 없다.** (…) **단기 기억에서 장기 기억으로 이동하는 것을 고정화(확고히 하는 것)라고 한다"**라고 지적한다(《최강 뇌(Hjarnstark junior)》).

그렇다면 어떻게 해야 기억을 고정화(단기 기억에서 장기 기억으로 이행)할 수 있을까?

공부법 책 100권의 저자 중 상당수가 입을 모은 방법은 바로 '복습(반복 학습)'이다.

"장기 기억으로 남기려면 해마가 '이 정보는 나에게 중요하다'라고 인식해야 한다. 반복은 그러기 위해 가장 효과적인 방법이다."(고노 겐토, 《심플한 공부법이 이긴다》, 더퀘스트, 2020)

"단기 기억에 들어 있는 기억은 자꾸 복습하지 않으면 잊어버리지만, 반복해서 복습하면 장기 기억으로 옮겨간다."(《아지랑이 데이즈로 중학생부터의 공부법을 재미있게 배우는 책(カゲロウデイズで中学生からの勉強法が面白いほどわかる本)》)

"기억에 자리 잡으려면 반복과 반복 학습이 필요하다. 그래야 뇌가 필요한 정보라고 인식하기 때문이다."(하기와라 교지, 곤도 데쓰오, 《마인드맵 자격증 시험 공부법(マインドマップ資格試験勉強法)》)

"한 번 학습했다고 정보가 머릿속에 들어올 리는 없다. 질릴 정도로 복습을 반복하지 않으면 쓸 만한 지식이 머리에 새겨지지 않는다."(멘탈리스트 다이고, 《시간 낭비를 확 줄여주는 초효율 공부법》, 더메이커, 2020)

2. 첫 번째 복습은 다음 날까지 한다

19세기에 독일의 심리학자 헤르만 에빙하우스(Hermann Ebbinghaus)는 시간의 경과에 따른 기억의 변화를 검증했다. 기억에 관한 실험적 연구의 선구자 에빙하우스는 망각곡선을 발견한 사람으로 잘 알려져 있다.

에빙하우스는 의미 없는 단어를 외우는 실험을 통해 다음과 같은 결론을 도출했다(실험 내용과 망각곡선의 자세한 내용은 89쪽의 칼럼 참조).

망각곡선에서 읽을 수 있는 것

- 금방 다시 외우면 짧은 시간에 외울 수 있다.
- 외우고 나서 시간이 지날수록 다시 외우는 데 시간이 걸린다.
- 복습 횟수를 거듭할수록 다시 외우는 시간이 짧아진다.

결론은 복습을 반복할수록 쉽게 외울 수 있다는 것이다. 복습을 언급한 51권 중에는 복습의 타이밍과 횟수를 제시한 책도 있다. 그 일부를 소개하면 다음과 같다.

● 《기억력 학습법》(이케가야 유지)

첫 번째: 일주일 후 / 두 번째: 첫 번째 복습하고 나서 2주 후 / 세 번째: 두 번째 복습하고 나서 한 달 후

● 《공부를 공부하라》(쇼지 마사히코, 좋은날들, 2012)

첫 번째: 다음 날 / 두 번째: 일주일 후

● 《토니 부잔의 마인드맵 두뇌사용법》(토니 부잔, 비즈니스맵, 2010)

첫 번째: 공부하고 10분 후에 5분 동안 / 두 번째: 하루 후에 2~4분 동안 / 세 번째: 일주일 후에 2분 동안 / 네 번째: 한 달 후

● 《집공부 강화서》(하이치, 지상사, 2022)

첫 번째: 저녁 / 두 번째: 잠자기 전 / 세 번째: 다음 날 아침 / 네 번째: 그다음 날

● 《중학생부터 공부하는 방법(中学生からの勉強のやり方)》(시미즈 아키히로)

첫 번째: 당일 / 두 번째: 다음 날 / 세 번째: 주말

● 《공부의 비밀》(베네딕트 캐리, 문학동네, 2016)

첫 번째: 하루 또는 이틀 후 / 두 번째: 일주일 후 / 세 번째: 한 달 후(한 달이 지나면 복습 간격을 더 길게 한다)

※ 폴란드의 연구자 피오트르 보지니아크(Piotr Woźniak)의 의견으로 소개함.

저자에 따라 횟수나 타이밍에 차이가 있는데, 공통점으로 다음 네 가지를 들 수 있다.

복습의 포인트

① 한 번 외운 내용은 그대로 두지 않고 반드시 복습한다.
② 첫 번째 복습은 빨리 한다(늦어도 다음 날까지).
③ 하루 후, 일주일 후, 한 달 후처럼 간격을 두고 다시 살펴본다.
④ 적은 횟수만으로 외우는 사람도 있고 많이 복습해야 외우는 사람도 있다. 자신에게 맞는 속도와 횟수로 복습한다.

3. 이미지나 에피소드로 기억한다

사회심리학자 미나미 히로시 교수는 《기억술(記憶術)》에서 "기억할 때는 기억의 작용에 따른 올바른 방법을 이용해야 한다"라고 말한다. 이 구조를 활용하면 장기적으로 기억에 잘 남는다(복습의 효과도 올라간다).

기억의 구조를 활용해 기억하는 방법

▸▸ 에피소드로 기억한다

에피소드 기억을 이용하면 잘 잊히지 않는다. 에피소드 기억이란 개인이 경험한 사건에 연결된 기억을 말한다. 시간, 장소, 감정이 동반되어 기억에 남는다.

"선생님께 혼나고 복도에 서 있게 된 이유, 친구에게 상처를 준 말, 다른 사람에게 들은 기분 나쁜 이야기 등 자기 인생에서 생생하게 일어난 일은 잊기 어렵다."(니시무라 히로유키, 《무적의 독학술(無敵の独学術)》)

에피소드 기억을 활용하는 방법

- 체험을 통해 배운다. 실제로 직접 해본다.
- 다른 사람에게 말하거나 책으로 써본다(이야기하거나 글로 썼다는 에피소드가 남는다).
- 학습 만화를 읽는다(유사 체험을 한다).
- 암기하고 싶은 내용을 머릿속에서 이야기로 만든다.
- 책이나 기사 내용을 머릿속에서 영상화(스토리화)한다.
- 책의 내용, 등장인물, 세계에 이입해서 읽는다.
- 이 인물은 좋고, 이 말은 싫고, 이 사건은 슬프다는 식으로 감정과 함께 기억한다.

▶▶ 시각적인 것의 도움을 받는다

뇌는 문자보다 그림이나 영상과 같은 이미지를 쉽게 기억하고 금방 떠올린다.

"이미지, 사진, 일러스트를 활용한다. 이미지를 사용하면 문자만 사용하는 것보다 6배나 기억에 잘 남는다는 연구가 있다."(가바사와

시온,《하루 5분, 뇌력 낭비 없애는 루틴, 매일경제신문사, 2020》)

▶▶ 관련 지어 기억한다

새로운 지식을 기억할 때 자신이 알고 있는 지식과 관련 짓거나 연결하면 기억하기 쉽다.

"unite라는 단어를 들었을 때 '우리말로도 유닛이라는 말을 쓰지.' '유니폼이나 유니버설이라는 다른 단어에서 들은 적이 있어'라고 생각할 수 있다. 그런 사람은 unite라는 영어 단어를 쉽게 외울 수 있을 것이다."(니시오카 잇세이,《생각하는 기술과 지두력을 단숨에 터득하는 도쿄대 사고(考える技術と地頭力がいっきに身につく東大思考)》)

2위

목적과 목표를 명확히 설정하기

POINT
1. 어떻게 되고 싶은지 생각한다.
2. 무엇을 위해 공부하는지 생각한다.
3. 무조건 된다고 강하게 믿는다.

2위는 '목적과 목표를 명확히 설정하기'이다.

공부법 책 100권의 저자 중 대다수가 공부할 때 **"자신이 어떻게 되고 싶은가?"**(=이상, 목표), **"무엇을 위해 그렇게 되고 싶은가?"**(=목적, 이유)와 같이 목적과 목표 설정의 중요성에 대해 말한다.

자신이 되고 싶은 모습을 명확히 설정하면 좋은 이유가 있다.

자신이 되고 싶은 모습을 명확히 설정하면 좋은 이유

▶▶ 공부에 대한 의욕이 샘솟는다

'언제 써먹을지 모르지만, 영어가 유창했으면 좋겠다.'

'어디든 좋으니 대학에 들어가고 싶다.'

'취직에 유리할지도 모르니 자격증이라도 따놓을까?'

공부의 고수들은 이런 식으로 **목표가 불분명한 상태에서 공부를 시작하면 꾸준히 하고자 하는 마음이 생기지 않는다**고 지적한다.

한편 마음속에 공부하는 목적이 확실하거나 자신이 이루고자 하는 목표가 확고하면 발전하려는 마음이 커져 진지하게 몰입한다.

"인간은 목표가 없으면 움직이지 않는다. 눈앞에 당근이 아른거려야 달려나가는 존재다. (…) 당근을 찾으려면 먼저 자신의 이상을 명확히 해야 한다. 자신이 되고 싶은 모습이 뚜렷하게 보여야 한다."(요시나가 겐이치, 《도쿄대 과외선생이 알려주는 머리가 좋아지는 공부법(東大家庭教師が教える頭が良くなる勉強法)》)

▶▶ 할 일을 구체적으로 파악할 수 있다

자신이 되고 싶은 모습을 상세하게 그릴수록 목표 달성에 필요한 방법을 쉽게 찾을 수 있다. 자신이 되고 싶은 모습이나 공부하는 목적이 뚜렷하지 않으면 대책(언제까지, 어떤 공부를 해야 하는지)을 세울 수 없다.

"'수면 시간을 좀 더 늘린다'는 목표는 너무 불분명하다. 수면 시간

을 늘리고 싶으면 가령 '평일 밤은 오후 10시 전에 자리에 눕는다'라고 구체적으로 계획을 세워야 한다. 그러면 자신이 무엇을 해야 하는지 구체적으로 알 수 있다. 실행하지 못한 날에도 그 사실이 확실히 파악된다."(하이디 그랜트 할버슨, 《작심삼일과 인연 끊기》, 에이지21, 2017)

《신의 동기 부여(神モチベーション)》의 저자 호시 와타루는 '남쪽 섬에 간다'라는 목표와 '하와이의 오아후섬에 간다'라는 목표의 차이점을 설명하면서 **"애매모호한 목표를 명확하게 표현하기만 해도 우리의 뇌는 무엇을 해야 하는지 알아서 움직인다"**라고 지적한다.

× 목표가 모호하다

- **목표**: '남쪽 섬에 간다'
  남쪽의 섬이 어디인지 부정확하다. 무엇을 해야 하는지 아이디어가 떠오르지 않는다. 행동으로 옮길 수 없다.

○ 목표가 명확하다

- **목표**: '내년 12월 28일부터 1월 4일까지 하와이의 오아후섬에 간다'
  스케줄, 비용, 호텔의 공실 확인 등 어떤 행동을 해야 하는지 바로 알 수 있다. 쉽게 실현 가능하다.

1. 어떻게 되고 싶은지 생각한다

어떻게 되고 싶은지 생각하는 것은 목표나 이상을 설정하는 것이다. **자신이 되고 싶은 모습, 성공한 자기 모습을 강하게, 실감 나게, 구체적으로 머릿속에 그릴수록 자신감이 생기고, 의욕이 꺾이지 않으며, 이상을 향해 행동하게 된다.**

공부법 책 100권의 저자 중 대다수가 목표를 달성한 자기 모습과 그때의 기분을 강렬하게 상상할수록 실현하기 쉬워진다고 언급한다.

"뇌에는 무언가를 강하게 떠올리면 그 방향을 향해 행동하는 관념운동 반응이 작용한다. 따라서 자신이 되고 싶은 모습을 굳게 믿으면 믿을수록 구현될 가능성이 커진다."(마쓰바라 가즈키, 《90% 합격하는 공부법(9割受かる勉強法)》)

"자신의 이상적인 모습을 의식하지 않고 멍하게 행동하면 자신감이 떨어지지만, 의식하면 이상과 일치하는 행동이 쉽게 나온다."(데이브 아스프리, 《최강의 인생》, 비즈니스북스, 2019)

2. 무엇을 위해 공부하는지 생각한다

무엇을 위해 공부하는지 생각하는 것은 공부하는 목적과 이유를 설정하는 것이다. 절박한 마음도 없고 목적과 필요성도 없이 공부하면 작심삼일에 그칠 확률이 높다.

따라서 공부 의욕을 잃지 않으려면 다음과 같이 공부의 목적과 이유를 확실히 설정하는 것이 중요하다.

'나는 ○○○을 위해 공부한다.'

'○○○이라서 이 지식을 인풋하는 것이다.'

무엇을 위해 공부하는지 의미를 부여하지 않으면 성과를 거두기 어렵다.

경제평론가 가쓰마 가즈요는 "지금 하고 있는 일을 장래의 비전과 연결하면 공부를 포기하지 않는 대책이 된다"라고 한다.

"왜 그것을 하고 있는지, 자기 미래와 어떻게 연결되는지 이해하고 잊지 말아야 한다. (…) **영어를 예로 들면 방법을 배우는 것이 목표가 아니라 원어민에 가까운 영어 실력을 습득해서 정보 수집, 마케팅, 제품 개발에 활용하겠다는 본래 자기 목표를 똑똑히 봐야 한다."**《연봉 10배 올리는 공부법》)

각본가이자 일본 신경심리학회에 소속되어 있는 가미오카 마사아키는 독서를 성과와 결부시키는 최대 비결로 목적의식을 가지는 것(무엇을 위해 읽는지 생각하는 것)을 꼽는다.

"사람들은 대개 인생의 목적과 소망을 명확히 설정하지 않은 채 무작정 빨리 읽는 것에만 집중하고 '좋았다', '별로였다'라는 서평만으로 마무리한다. 그래서 기억에 남지 않고, 읽은 내용이 인생의 성과로 이어지지 않는다."(《부자들의 초격차 독서법》, 쌤앤파커스, 2021)

3. 무조건 된다고 강하게 믿는다

어떤 목적을 위해 자신이 어떻게 할 것인지 목표와 목적이 명확해지면 '무조건 된다!'고 의지를 다진다. '언젠가 되면 좋겠어'라고 가볍게 생각하는 것이 아니라 '무조건 그렇게 될 거야!', '언젠가 실현될 거야!'라는 주체적인 마음이 강할수록 성과로 이어진다.

"아주 강하게 원하면 실현된다는 것이 내 신념이다. 강하게 원하면 일상생활의 여러 가지 측면이 그것에 맞게 바뀐다. 그래서 마침내 실현할 수 있다."(노구치 유키오, 《초학습법》, 중앙M&B, 1996)

"내가 진심으로 원하지 않으면 목표를 향해 망설임 없이 일직선으로 나아갈 수 없다. 별똥별이 떨어졌을 때 소원을 빌고 싶을 정도로 진심으로 원하는 목표를 찾으면 훨씬 힘이 난다."(나카노 노부코, 《세상의 똑똑한 사람들이 하고 있는 일을 한 권으로 정리했다(世界の頭の

いい人がやっていることを1冊にまとめてみた)》)

사람은 단기적 욕구에 휩쓸리기 쉽다. 단기적 욕구란 '조금만 더 자고 싶다', '술을 마시고 싶다', '게임을 하고 싶다'와 같이 일시적인 쾌락을 말한다. 지금 하지 않아도 나중에 할 수 있다고 안이하게 생각하면 눈앞의 유혹에 쉽게 넘어간다.

단기적 욕구를 따르는 것도 염원하는 마음이 약하기 때문이다.

수험 코치 이케다 준은《공부 결과는 책상에 앉기 전에 결정된다(勉強の結果は机に向かう前に決まる)》에서 큰 소망을 품으면 공부를 꾸준히 하게 된다고 설명한다.

"공부로 무언가 얻고 싶다는 소망이 약하기 때문에 공부를 지속하지 못한다. 즉, 단기적 욕구에 휩쓸리지 않으려면 강한 소망을 가져야 한다."

3위

효율적인 휴식으로 학습의 질 높이기

POINT

1. 집중력이 지속되는 시간으로 구분한다.
2. 포모도로 기법으로 집중 사이클을 만든다.
3. 공부하지 않고 쉬는 날을 만든다.

3위는 '효율적인 휴식으로 학습의 질 높이기'이다.

뇌과학 분야 연구에 따르면, 휴식 시간을 넣지 않고 계속해서 공부만 하는 집중학습과 조금씩 휴식 시간을 넣는 분산학습을 비교할 때 **분산학습이 기억에 더 잘 남는다.** 휴식 시간도 없이 계속해서 공부만 하면 집중력이 지속되지 않고, 기억에 잘 남지 않기 때문에 시간을 들여도 성과가 나지 않는다.

마인드맵의 고안자인 영국의 교육자 토니 부잔은 "**휴식은 학습한 내용을 뇌가 흡수하는 시간**"이라고 파악한다.

"예를 들어 20~50분에 한 번씩 주기적으로 짧게 휴식하면 학습

중에 정확한 정보를 간단히 떠올리게 된다."(《토니 부잔의 마인드맵 두뇌사용법》, 비즈니스맵, 2010)

휴식의 장점

(1) 기억에 잘 남는다.

(2) 집중력이 유지된다.

(3) 싫증 나는 것을 방지한다.

(4) 육체 피로가 완화된다(어깨 결림, 눈의 피로 등).

또한 휴식을 통해 초두 효과와 친근 효과를 활용할 수 있다.

> ◉ 초두 효과
>
> 최초에 제시된 정보는 기억에 잘 남는다.
>
> ◉ 친근 효과
>
> 마지막에 제시된 정보는 기억에 잘 남는다.

처음과 마지막 정보가 기억에 잘 남는다는 뇌의 특성을 고려한다면, **처음과 마지막 횟수가 늘어날수록 학습 효율이 높아진다**. 예를 들어, 휴식 없이 3시간 동안 공부만 하면 처음(초두 효과) 1회, 마지막(친근 효과) 1회다. 그러나 3시간을 '(50분 공부+10분 휴식)×3회'로 나누면 초두 효과와 친근 효과가 각각 3회 발휘된다.

| 휴식을 넣어 처음과 마지막의 횟수를 늘린다 |

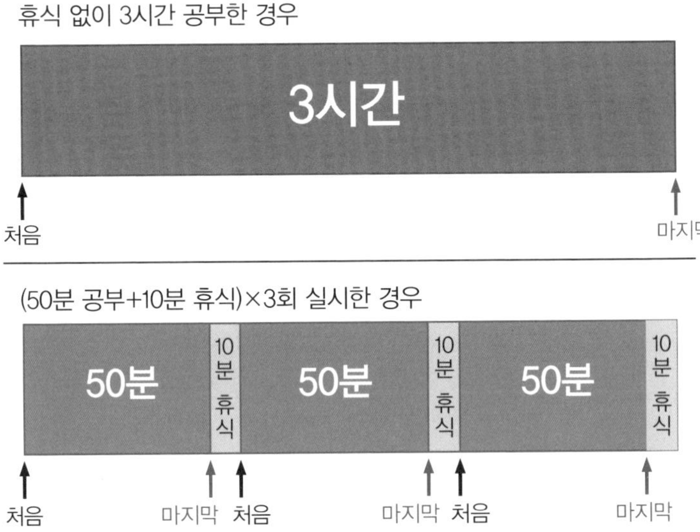

공부하다가 휴식을 취하는 가장 큰 목적은 공부로 지친 몸과 뇌를 쉬게 하기 위해서다.

휴식 시간을 보내는 방법

- 좋아하는 음악을 듣는다.
- 스트레칭 등 가벼운 운동을 한다.
- 선잠을 잔다(눈을 감는다).
- 좋아하는 음료를 마신다.
- 책이나 만화를 읽는다.
- 간식을 먹는다.

공부법 책 100권의 저자 대부분이 "휴식하는 동안 스마트폰을 사용하거나 게임을 하는 것은 추천하지 않는다"라고 말한다. 뇌가 쉴 수 없기 때문이다.

나카타 아쓰히코와 고노 겐토는 "휴식 중에도 공부를 하면 어떨까?"라고 제안한다.

"수험 공부에는 최고의 휴식이라는 것이 있다. 믿을 수 없을지 모르겠지만, 그것은 휴식 중에도 공부를 하는 것이다!"(나카타 아쓰히코, 《대합격(大合格)》)

예를 들어, 역사 공부를 하다가 막혔을 때는 쉬는 시간에 영어 단어를 암기한다. 그러면 공부 모드를 유지한 채 기분전환이 되기도 한다.

'잘하는 과목'을 공부하는 것이 휴식 시간이 된다면 그보다 더 강력한 공부법은 없을 것이다. 잘 못하는 과목을 공부하다가 지치면 휴식하는 겸 잘하는 과목을 공부하고, 다시 잘 못하는 과목으로 돌아가는 (…) 이것을 반복하면 하루 종일 공부할 수 있다."(고노 겐토, 《심플한 공부법이 이긴다》)

1. 집중력이 지속되는 시간으로 구분한다

공부법 책 100권의 저자는 집중력이 오래가지 않는다는 생각에서 일치를 보인다. 그러나 집중력이 지속되는 시간에는 여러 의견이 있다. 100권에 제시된 집중력 지속 시간에도 20분, 45분, 60분, 90분 등 차이가 있다(길어야 90분이다).

집중력은 개인차가 있어 90분 동안 집중할 수 있는 사람도 있고, 15분 만에 주의가 산만해지는 사람도 있다. 따라서 50분 공부+10분 휴식, 45분 공부+15분 휴식, 90분 공부+20분 휴식 등 자신에게 맞는 공부+휴식의 조합을 찾는 것이 중요하다('포모도로 기법' 참조).

"어느 정도 시간에 어떤 활동을 하는 것이 효과적인지는 스스로 여러 번 시도해보면 알 수 있다."(베네딕트 캐리, 《공부의 비밀》)

"집중력에는 개인마다 다양한 유형이 있기 때문에 각자 자신에게 맞는 방법을 찾아 실천하는 것이 가장 좋다."(야스코우치 데쓰야, 《유능한 사람의 공부법(できる人の勉強法)》).

"집중할 수 있는 시간은 그날의 컨디션에 따라 달라진다."(《집공부 강화서》)

2. 포모도로 기법으로 집중 사이클을 만든다

포모도로 기법(Pomodoro Technique)은 책 읽는 원숭이, 멘탈리스트 다이고가 저서에서 소개한 것이다.

> ⊙ 포모도로 기법
>
> '25분 공부 + 5분 휴식'을 반복하는 시간 관리 기술. 이탈리아의 프란체스코 시릴로(Francesco Cirillo)가 고안했다. 포모도로(pomodoro)는 이탈리아어로 토마토를 말한다. 시릴로가 애용하던 토마토 모양의 키친타이머에서 유래했다.

"포모도로 기법은 짧은 시간의 집중 작업을 반복해서 하루 중 집중력이 높은 상태의 시간을 늘려 지적 생산성을 올리는 기법이다."(책 읽는 원숭이, 《혼자 공부하는 시간의 힘》, 웅진지식하우스, 2021)

포모도로 기법 활용 예제

① 타이머를 준비해 25분으로 맞춰둔다.

↓

② 공부에 집중한다.

(전화가 오거나 질문을 받거나 다른 일을 부탁받는 등의 이유로 중단할 경우 다시 시작한다)

↓

③ 타이머가 울리면 5분간 휴식한다.

↓

④ ①~③을 반복한다.

↓

⑤ 25분 공부+5분 휴식을 4회 반복하고 나면 15~30분간 휴식한다.

| 포모도로 기법의 흐름 |

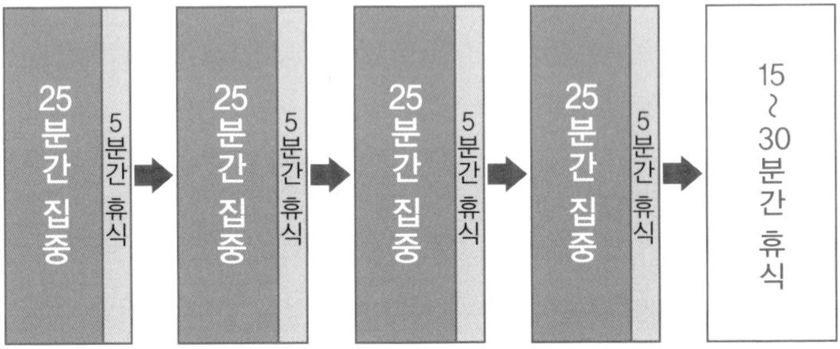

전(前) 퀴즈 플레이어 스즈키 히카루의 《꿈을 이루기 위한 공부법(夢を叶えるための勉強法)》에도 타이머를 사용해 공부 시간을 구분하는 방법이 소개되어 있다. 이 방법은 어느 정도 시간에 공부를 얼마나 진행할 수 있는지 파악할 수 있으므로 자신에게 맞는 사이클을 찾을 수 있다.

- ‘이 정도면 내가 계속 집중할 수 있겠지’라고 생각하는 시간(30분, 45분, 60분 등)으로 타이머를 설정한다.

↓

- 타이머가 울리면 15분 정도 휴식한다.

↓

- 같은 방법으로 다시 시작한다.

3. 공부하지 않고 쉬는 날을 만든다

“쉬면 공부가 뒤처질 거야.”

“모두 열심히 하는데 나만 쉴 수는 없어.”

“쉬는 버릇이 생길까 봐 무서워.”

이런 이유로 휴식하는 것에 죄책감이나 초조함을 느끼는 사람이 있다. 하지만 이루고자 하는 목표가 아직 앞에 있다면 조급해하지 말고 공부하지 않는 날을 만드는 것도 중요하다.

몸과 마음이 재충전되고 완급이 조절되면서, 공부의 질이 높아지기 때문이다.

공부법 책 100권 중에는 **공부 일정에 쉬는 날을 미리 짜놓으라**고 권하는 책도 있다.

"매일 쉬지 않고 공부하는 것이 아니라 일주일에 하루는 전혀 공부하지 않는 오후를 만든다. 시간이 아깝다고 말하는 사람도 있겠지만, 쉬지 않으면 효율이 떨어져 전체적으로 보면 마이너스다."(사토 야마토, 《정답부터 보는 꼼수 공부법》, 위즈덤하우스, 2016)

"인간의 능력은 유한하기 때문에 지치면 당연히 능력도, 두뇌 능력도 내려간다. (…) 그래서 나는 전략적으로 쉬려고 한다. 해야 할 일의 일정에 휴식을 집어넣는 것이다."(시라카와 다카히로, 《진짜 공부법(本物の勉強法)》)

"처음부터 일정에 휴식을 집어넣는 것도 좋다. 예를 들어, 일주일 스케줄을 짤 때 월화는 확실히 공부하고, 수요일 오후는 쉰다. 목금토는 공부하고, 일요일 하루는 쉰다고 정해놓는 것이다. 개인적으로 밀도 높은 공부를 하려면 사흘에 하루 정도는 휴식이 필요하다고 생각한다."(미즈카미 소우, 《도쿄대 No.1에게 배우는 머리를 단련하는 5가지 습관(東大No.1頭脳が教える頭を鍛える5つの習慣)》)

4위

보상으로 도파민 활성화하기

POINT

1. 도파민의 힘을 빌린다.
2. 칭찬은 공부의 원동력이 된다.
3. 작은 성공 체험을 거듭한다.

4위는 '보상으로 도파민 활성화하기'이다.

보상받았을 때의 기쁨이 학습의 원동력으로 연결된다.

공부법 책 100권 중 31권에서 **보상이 학습 효과를 높인다**고 언급한다.

"나는 보상을 나쁘다고 생각하지 않는다. 아이에게 공부시킬 때도, 스스로 공부할 때도 보상은 매우 효과적이라서 오히려 학습 효과를 높인다."(쇼지 마사히코, 《공부를 공부하라》)

뇌에는 즐거운 일, 기분 좋은 일을 계속하고 싶어 하는 성질이 있다. 그래서 공부의 성과에 보상을 설정하면 다음과 같은 선순환이 생긴다.

'노력한다 → 못했던 일이 가능해진다 → 보상을 받는다 → 기쁘다(성취감) → 공부를 더 하고 싶어진다'

보상에는 눈에 보이는 것과 보이지 않는 것이 있다.

보상의 종류

- **눈에 보이는 보상**

  음식, 물건, 여행, 상장, 보상금(돈) 등.

- **눈에 보이지 않는 보상**

  성취감, 칭찬받을 때의 기쁨 등.

보상받는(스스로 자신에게 보상을 주는, 아이에게 보상을 주는) 타이밍은 **결과가 나온 다음**이다. 보상받았을 때의 기쁨을 상상하면 의욕이 샘솟기 때문이다.

× 보상을 먼저 준다

"오늘은 푹 쉬고 내일부터 다시 힘내자."

"○○○을 사줄 테니 다음 시험은 열심히 해."

○ 보상을 나중에 준다

"오늘 목표 지점까지 공부하고 나서 내일은 푹 쉬자."

"다음 시험에서 지난번보다 좋은 점수를 받으면 ○○○을 사줄게."

1. 도파민의 힘을 빌린다

뇌에는 보수계라는 신경계가 있다. 보수계는 욕구가 충족되었을 때, 혹은 충족될 것임을 알았을 때 기쁘거나 즐겁다고 느끼는, 행복감을 일으키는 뇌의 시스템을 말한다.

사람은 누군가에게 칭찬받았을 때, 목표를 달성했을 때, 하지 못했던 일을 성공했을 때, 맛있는 것을 먹거나 마셨을 때, 원하던 것을 손에 넣었을 때 기분이 좋아진다. 이처럼 **좋은 기분을 만들어내는 것이 도파민(dopamine)이라고 하는 신경 전달 물질**이다.

⦿ 도파민

의욕, 쾌락, 행복에 관여하는 신경 전달 물질. 도파민 분비량이 많을수록 큰 기쁨을 느낀다.

"뇌의 보수계는 놀라울 정도로 강력한 시스템이다. 말하자면 우리를 모종의 행동으로 몰아가는 동력원이다. (…) **도파민이 충분히 방출되면 긍정적인 기분이 들고, 그 행동을 반복하고 싶어진다. 뇌가 다**

시 같은 일을 하라고 재촉하는 것이다."(안데르스 한센, 《뇌는 달리고 싶다》, 반니, 2019)

"노력하려는 자발성을 만들어내는 것은 무엇인가? 연구자들은 신경 전달 물질인 도파민이 중요한 역할을 한다고 여긴다."(바버라 오클리·올라브 슈위, 《학습 천재가 되는 11가지 공부 비결》, 골든어페어, 2021)

'기분이 좋다', '기쁘다'는 느낌이 들 때는 뇌에서 보수계의 신경이 활성화되어 도파민이 대량 분비된다.

도파민을 분비시키는 방법 중 하나는 **보상 설정**이다.

도파민은 보상을 기대하고 있을 때나 욕구가 충족될 것임을 알았을 때도 분비된다.

"이 공부 끝나면 드라마를 봐야지."

"시험에 합격하면 여행을 가자."

이런 식으로 보상을 설정하면 기대감으로 도파민이 증가해 공부 의욕이 높아진다.

2. 칭찬은 공부의 원동력이 된다

공부법 책 100권의 저자 중 상당수가 **칭찬을 많이 하는 것이 옳다**

고 생각한다. 칭찬을 받으면 도파민이 분비되기 때문이다.

"공부가 좋아지는 요령을 소개하겠다. 그것은 성과를 올리고 칭찬을 듬뿍 받는 일이다. (…) 사람은 싫어하는 일이라도 ① 노력을 한다, ② 성과가 나온다, ③ 칭찬을 많이 받는다, 이 과정을 거치면 노력하는 것이 즐거워진다."(미치야마 게이, 《부모와 자식이 함께하기 때문에 가능한 중학생의 공부 대전(親子で一緒にやるからできる中学生の勉強大全)》)

"1960년대 하버드 대학교 교육심리학자 로버트 로젠탈(Robert Rosenthal) 교수는 교사가 '넌 할 수 있어'라고 말하면 실제로 학습자의 성적이 좋아진다는 것을 실험을 통해 밝혔다. 그리고 이를 피그말리온 효과(Pygmalion effect)라고 이름 붙였다."(가토 노리코, 《세계 최고 석학들이 추천하는 자녀교육 베스트 100, 서사원, 2021》)

> ⊙ 피그말리온 효과
> 다른 사람의 기대를 받으면 공부 성과가 향상되는 효과.

칭찬은 학습 능력을 증진시킨다. 중요한 것은 **아이를 칭찬할 때 올바르게 칭찬하는 것**이다. 무턱대고 아이를 칭찬하는 것은 역효과라고 생각하는 교육자도 있다.

공부법 책에 나와 있는 칭찬법의 포인트를 정리하면 다음과 같다.

올바른 칭찬의 포인트

- 즉시 하는 것이 중요하다. 어떤 일을 해냈을 때 바로 칭찬받으면 기쁨을 느낀다.
- 능력이나 결과보다 노력을 칭찬한다.
  × "머리가 좋구나."
  ○ "열심히 했구나."
- 보상을 주는(칭찬하는) 이유를 명확히 밝힌다(칭찬+이유로 칭찬).
  ○ "오늘은 어제보다 문제집을 4쪽이나 더 풀었네. 열심히 했구나."
  ○ "이 글에는 네 생각이 담겨 있네. 잘 쓰고 있어."

"컬럼비아 대학교 뮬러 교수 팀은 어느 공립 초등학교 학생을 대상으로 칭찬법에 관한 실험을 했다. 여섯 번의 실험을 통해 아이의 본래 능력(=똑똑함)을 칭찬하면 아이들은 의욕을 잃고 성적이 떨어진다는 점을 알게 되었다."(나카무로 마키코, 《데이터가 뒤집은 공부의 진실》, 로그인, 2016)

"칭찬할 때는 아이가 가진 특성이 아니라 노력해서 이룬 것을 칭찬해야 한다."(캐럴 드웩, 《마인드셋》, 스몰빅라이프, 2023)

공부법 책 100권 중에 스스로 자신을 칭찬하라고 조언한 책도 있다.

"이상적인 행동을 하면 감정을 담아 세 번 칭찬한다."

"스스로 한 선택과 전략을 긍정한다."

"자신의 좋은 점을 칭찬하면 자연스럽게 그런 사람이 된다."

이런 식으로, **자신을 스스로 칭찬하면 자기 긍정감(있는 그대로의 자신을 인정하는 감각)이 높아지고, 자신감이 생기며, 의욕이 높아짐**을 알 수 있다.

3. 작은 성공 체험을 거듭한다

문제를 풀어 기쁨의 감정이 솟아오를 때 뇌 속에는 도파민이 나온다. 반대로 문제가 한없이 풀리지 않거나 목표를 달성하지 못하는 상황이 지속되면 성공했다는 기쁨의 감정이 솟아나지 않고, 보상을 받을 수 없어 도파민이 나오지 않는다. 결국 공부 의욕을 잃는다.

공부가 힘들기만 하면 당연히 지속하기 어렵다. 공부 의욕에서 중요한 것은 성적이 오르거나 안 풀리던 문제를 푸는 **성공 체험**이다.

작은 발전이 거듭되면 '하면 된다'라는 자신이 생겨 의욕이 높아진다.

의사 이노마타 다케노리도 성공 체험이 동기 부여가 된다며 다음과 같이 말한다.

"오늘 공부한 분량, 향상된 시험 점수처럼 작은 발전을 의식하고, 그것을 동기 부여로 연결해가자."(《하버드 최강 공부법》, 비즈니스북스, 2016)

법학자 야마구치 마유는 성공 체험을 저축에 비유한다.

"좋은 성적을 내서 칭찬받는 것은 어린 시절 나에게 큰 기쁨이었다. 그래서 더 열심히 공부해 다음에도 좋은 점수를 받아야겠다는 목표가 생겼고, 동기 부여가 지속되었다. 이 목표는 달성할 때마다 저축되었다. 그것은 성공 체험이라는 이름의 저축이다."(《7번 읽기 공부법》, 위즈덤하우스, 2015)

✓ 지나치게 쉽지도 어렵지도 않은 수준으로 설정하면 공부를 멈출 수 없다

작은 발전을 느끼기 위한 포인트는 난이도 설정이다. 적절한 난이도의 공부를 하면 '할 수 있다!'는 기쁨을 거듭해서 느낄 수 있다.

적절한 난이도란 지나치게 쉽지도 지나치게 어렵지도 않고 열심히 하면 풀 수 있는 수준이다. 지나치게 쉽거나 어려우면 성취감을 느끼기 어려워 동기 부여가 생기지 않는다.

- 난이도가 너무 낮다 → 의욕이 없다 → 성취감을 느끼기 어렵다 → 공부가 지루해진다
- 난이도가 너무 높다 → 무력해진다 → 성취감을 느끼기 어렵다 → 공부가 지루해진다

자신이 할 수 있다고 느끼는 목표, 노력하면 어떻게든 해낼 수 있을 만한 목표를 세우면 학습 의욕으로 연결된다.

5위

목표에서 역산해 계획 세우기

POINT

1. 역산해서 무엇을 언제까지 할 것인지 명확히 한다.
2. 최종 목표와 중간 목표를 세운다.
3. 무리하지 않는다.

5위는 '목표에서 역산해 계획 세우기'이다.

공부의 고수 중 상당수가 목표를 달성하기까지 행동 계획(무엇을 언제까지 할 것인가)이 필요하다고 말한다.

"성공을 거두려면 날마다 사소한 행동을 계속해야 한다. 목표 달성을 위한 행동을 꾸준히 하려면 무엇을 언제까지 할 것인지 미리 계획을 세워야 한다."(《작심삼일과 인연 끊기》)

"수험일이 확실한 자격증 시험만이 아니라, 어떤 공부라도 어느 정도 기한을 설정해서 달성 목표(예를 들어, 언제까지 리포트를 하나 작성

한다)를 정해야 공부의 진척과 습득이 빨라진다"(와다 히데키, 《어른을 위한 공부법(大人のための勉強法)》)

행동 계획을 세우는 편이 세우지 않을 때보다 학습 효과가 높아진다는 의견도 있다.

"뇌의 능력을 최대한 발휘하려면 자기 행동 예정표를 쓰는 것이 효과적이다. (…) **쓰다 보면 행동을 의식하면서 실행력이 강해져, 아무 생각 없이 행동해서 실패하거나 물건을 잃어버리는 일이 줄어든다."**(쓰키야마 다카시, 《두뇌의 힘 100% 끌어올리기》, 케이펍, 2008)

바바라 오클리와 올라브 슈위는 공저 《학습 천재가 되는 11가지 공부 비결》에서 몇 가지 연구 결과를 소개하면서 **언제, 어디서, 어떻게 목표에 도달할 것인지 계획**을 세우면 목표를 달성할 가능성이 크다고 이야기한다.

- 독일 심리학자 페터 골비처(Peter Gollwitzer)의 연구
  언제, 어디서 공부할지 계획을 세운 학생은 그렇지 않은 학생보다 **공부 시간이 50% 길었다**.
- 독일, 영국 출신 연구자의 조사
  언제, 어디서 공부할지를 계획에 포함시킨 조사 대상 학생의 **91%가 목표를 달성했다**.

1. 역산해서 무엇을 언제까지 할 것인지 명확히 한다

계획을 세울 때는 현재를 기점으로 지금의 내가 할 수 있는 일을 쌓아 올리는 것이 아니라, 목표에서 거슬러 내려오며 생각하는 것이 기본이다.

목표에서 역산해 다음 사항을 명확히 해나간다.

- 목표와 현재 상황의 차이

- 차이를 메우기 위해서 해야 할 일

- 남은 기간(공부에 쓸 수 있는 시간)

- 무엇을 언제까지 할 것인가?

남은 시간이 얼마나 되고, 그 시간 안에 학습 능력을 얼마나 올려야 하는지, 정보를 얼마나 인풋할 필요가 있는지 알아야 계획을 세울 수 있다.

"목표에서 거슬러 내려오며 현재 상황을 보면 지금 해야 할 일이 보인다. 어쩌면 현재 방식을 고수해도 되고, 지금까지 해온 방식으로는 목표 달성이 어려울 수도 있다. 만약 후자라면 방식을 바꿔야 한다."(시미즈 아키히로, 《현역 도쿄대생이 몰래 하고 있는 머리가 좋아지는 공부법(現役東大生がこっそりやっている頭がよくなる勉強法)》)

"자기 실력 이상의 목표를 설정하고, 그 목표를 실현하기 위해 현재 상황과의 차이를 추출한 뒤, 그것을 메우기 위한 방책을 생각하는 것이 개혁으로 가는 최단 루트다."(호소야 이사오, 《지두력》, 이레, 2008)

목표에서 역산해 계획 세우기

① 목표를 명확히 한다

과거의 데이터 등을 통해 합격에 필요한 점수를 알 수 있다. 목표 점수를 설정한다.

↓

② 현재 상황을 파악한다

기출문제를 풀거나 모의고사를 통해 자기 실력을 파악한다.

↓

③ 목표와 현재 상황의 차이를 파악한다

목표와 현재 점수 간 차이가 벌어지는 원인을 밝힌다.

↓

④ 차이를 좁히기 위해 무엇이 필요한지 생각한다

교재 읽기, 학교 다니기, 기출문제 풀기 등 할 일(작업)을 파악해 무엇을 얼마나 공부하면 목표에 도달할 수 있는지 확실히 숙지한다.

↓

⑤ 달력에 행동 계획을 넣는다

연 단위, 월 단위, 주 단위, 하루 단위 행동 계획을 세우고, 할 일을 배정한다. 휴일도 미리 정한다.

| 진행 방식은 목표와 현재 상황의 차이와 남은 시간으로 결정 |

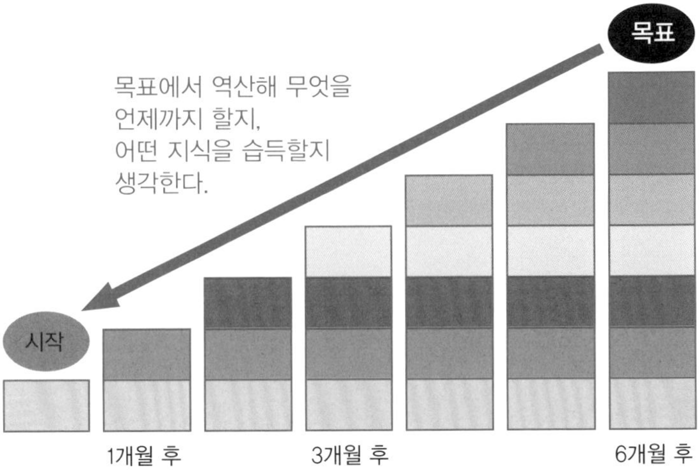

2. 최종 목표와 중간 목표를 세운다

목표까지 거리가 지나치게 멀면 도달 과정이 명확하지 않아 막막해지고 의욕도 금세 가라앉는다. 따라서 최종 목표로 가는 도중에 중간 목표(작은 목표)를 몇 가지 설정하는 것이 좋다.

세미나 강사인 소노 요시히로는 공부를 등산에 비유하면서 **프로세스(중간 경과)가 명확해야 동기 부여를 유지하기 쉽다**고 말한다.

"후지산 정상에 올라서려면 단숨에 산꼭대기를 목표로 해서는 안 된다. 6부 능선, 7부 능선, 8부 능선마다 산장에 들러 등산로, 시간,

컨디션, 날씨를 확인하거나 계획을 재검토하면서 나아가는 것이 확실한 방법이다.”(《1년에 500권 마법의 책읽기》, 물병자리, 2010)

행동 계획을 역산해서 세울 때 연간 행동 계획을 월 단위, 주 단위, 하루 단위로 넣는 이유는 **과정을 짧게 나누면 꾸준히 진행하는 데 도움이 되고, 달성도를 파악하기가 쉽기** 때문이다.

✓ 자격증 시험 준비 계획을 역산해서 세우는 방법

최종 목표가 자격증 시험에 합격하는 것인 경우를 예로 들어 살펴보자. 최종 목표를 달성하기 위해 풀어야 할 문제집의 수는 세 권이고, 수험일까지 남은 기간이 3개월인 경우, 문제집 한 권에 걸리는 기간은 1개월이라는 것을 알 수 있다(3개월 ÷ 3권 = 1개월에 1권).

좀 더 구체적으로 살펴보자. 공부할 수 있는 시간이 하루 2시간이라면, 한 달에 공부하는 시간은 60시간이다.

- **2시간 × 30일 = 60시간(휴일을 잡지 않고 계산)**

문제집의 쪽수를 60시간으로 나누면 1시간에 풀어야 할 쪽수를 알 수 있다. 만약 문제집이 180쪽이라면 1시간에 3쪽이 된다.

- **180쪽 ÷ 60시간 = 3쪽**

이렇게 목표를 세분화하고 작은 성취감을 느끼다 보면 다음 중간 목표도 달성하고자 하는 의욕이 생긴다.

| 중간 목표는 최종 목표까지 가는 발판 |

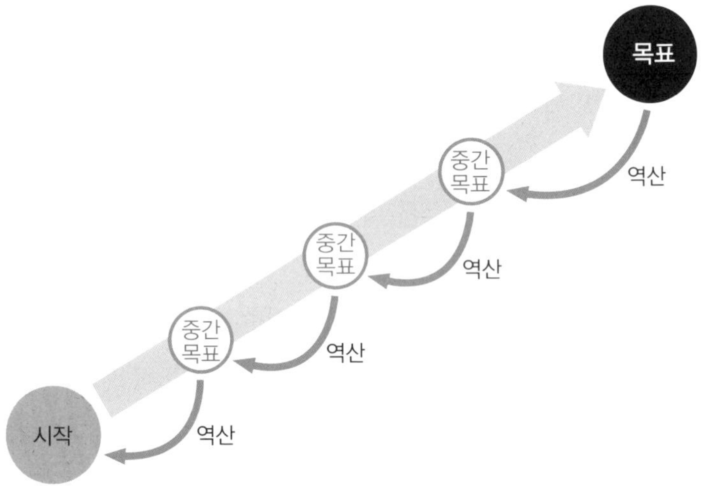

3. 무리하지 않는다

행동 계획을 세울 때는 무리하지 않는 것이 중요하다. 목표를 높게 세워도 달성하지 못하면 자신감이 떨어진다.

"무리한 계획을 세우면 안 된다. 계획을 예정대로 소화하지 못하면 낙담해서 의지가 꺾일 수 있다. (…) **적은 분량을 계획으로 잡는**

다. 지나치게 많은 분량을 계획했다가 좌절하는 일이 없도록 주의하자."(오노다 히로카즈, 《13세부터 머리가 좋아지는 요령 대전(13歳からの頭がよくなるコツ大全)》)

"일단 몇 문제 풀어보고 현재 실력으로 한 문제를 푸는 데 걸리는 시간을 확인한 뒤 한 권을 완료하는 기간과 하루에 가능한 할당량 등을 검토한다."(《도쿄대 과외선생이 알려주는 머리가 좋아지는 공부법》)

계획을 세울 때 주의점

- 계획은 어느 정도 어긋난다는 전제하에 여유롭게 세운다.
- 무리하게 채워 넣지 말고, 조정일을 마련해둔다.
- 우선순위가 높은 것부터 일정을 세운다.
- 예정대로 진행되는지 확인하면서 진행한다. 진행되지 않을 때는 원인을 찾아 다시 계획을 세운다.
- 목표가 너무 높을(너무 낮을) 때는 궤도를 수정한다.

목표 설정(기한을 정하는 방법)의 중요성에 대해서는 '17위 시간 제한을 두어 집중력과 기억력 향상하기'를 참조하면 좋다.

★★★

6위

틈새 시간 활용하기

POINT

1. 틈새 시간에 무엇을 할지 정한다.
2. 틈새 시간에 무엇을 하지 않을지 정한다.

6위는 '틈새 시간 활용하기'이다.

틈새 시간이란 대기하는 시간이나 이동하는 시간 등 예정과 예정 사이 짧은 시간을 말한다.

공부법 책 100권 중 29권이 틈새 시간의 활용을 권장한다. 비즈니스, 집안일, 육아 등으로 **바쁜 사람이 공부 시간을 확보하려면 틈새 시간 활용이 꼭 필요**하다.

정해진 시간을 확보할 수 없는 사람이라도 틈새 시간은 반드시 있다. **시간을 길게 내는 것이 아니라 많이 만든다고 의식하면 바쁜 사람도 공부 시간을 확보**할 수 있다.

한정된 시간을 얼마나 유용하게 사용할 수 있을까? 티끌 모아

태산이라고 했듯이, 적은 시간이라도 매일 공부를 지속하면 큰 성과로 이어질 수 있다.

공부는 책상에 앉아서 정해진 시간에만 하는 것이 아니다. 책상에 앉지 않아도, 몇 분밖에 없어도 할 수 있는 일이 있다.

"한 번 공부할 때 적어도 한 시간이 필요하다고 생각하면 어떤 일이 일어날까? 한 시간이라는 정해진 시간을 낼 수 없는 바쁜 날에는 '오늘은 시간이 없으니 내일 공부해야지'라며 아무 공부도 하지 않게 된다."(우쓰데 마사미, 《30일 합격 필살기》, 넓은들, 2007)

"절대로 지각해서는 안 되는 중요한 상담 약속이 있으면 약속 시간보다 일찍 도착해 대기하는 경우가 많다. 그럴 때 약속 장소의 벤치나 카페에서 약속 시간까지 나만의 공부 시간을 갖는다."(가마타 히로키, 《Mr. 샐러리맨 공부 필살기》, 동아일보사, 2010)

뇌과학자 모기 겐이치로는 **정해진 시간이 없으면 집중하지 못하는 것은 착각**이라며 틈새 시간 활용에 대해 다음과 같이 제안한다.

"현대 사회에는 인터넷과 휴대 전화가 보급되어 있기 때문에 평소 생활 시간 자체가 짧게 나뉘어 있다. (…) 짧게 나뉘어 있어도 공부할 수 있도록 자신의 뇌를 단련하는 것이 요즘 시대에는 효과적일 것이다."(《뇌가 기뻐하는 공부법》, 이아소, 2009)

우쓰데 마사미나 다나다 겐타로처럼 병행 학습을 제안하는 저자도 있다. 목욕 시간, 점심 먹는 시간, 준비하는 시간, 역까지 걷는 시간 등 단순 작업을 하는 시간을 이용하면 공부 시간을 더 늘릴 수 있다.

"많은 사람이 공부는 책상에 눌러앉아서 하는 것이라고 생각하며, 그럴 시간이 없다고 한탄한다. (…) 핵심은 일상을 공부 시간으로 대체하는 것이다."(다나다 겐타로, 《대량으로 외워서 절대 잊지 않는 종이 한 장 공부법(大量に覚えて絶対忘れない紙1枚勉強法)》)

1. 틈새 시간에 무엇을 할지 정한다

틈새 시간을 잘 활용하려면 미리 다음 사항을 명확히 해둬야 한다.

틈새 시간이 얼마나 있을 것 같은가?

틈새 시간에 무엇을 할 것인가?

이케가미 아키라와 사토 마사루의 공저 《우리가 매일 하는 최강의 독서법(僕らが毎日やっている最強の読み方)》에서, 이케가미 아키라는 다음과 같이 말한다.

"내일 하루의 행동 패턴을 떠올리고, '저쪽에서 책을 10분 정도는 읽을 수 있으니까 얇은 책을 한 권 가져가자', '이쪽에서 시간이 20분 생기니까 카페에서 조금 읽어야지'라고 생각하면 얼마든지 독서 시

간으로 바꿀 수 있다."

공부법의 베스트셀러에 적혀 있는 틈새 시간의 활용 포인트를 정리하면 다음과 같다.

틈새 시간을 능숙하게 활용하는 포인트

▶▶ 할당량(목표)을 정한다

'하루에 이만큼 책을 읽자.'

'내일은 틈새 시간에만 영어 단어 20개를 외우자.'

'역에 도착하면 영어 단어 3개를 떠올리면서 학교에 가는 동안 외우자.'

이런 식으로 할당량(목표)을 정한다.

▶▶ 할 수 있는 일을 리스트로 만든다

틈새 시간에 할 수 있는 일을 미리 생각해둔다. 시간이 5분 있으면 가능한 일, 10분 있으면 가능한 일, 30분 있으면 가능한 일 등 시간별로 할 수 있는 일을 정한다.

▶▶ 필요한 것을 미리 준비한다

참고서, 문제집, 자료, 책, 전자책 리더기, 태블릿 단말기, 스마트폰, 단어장 등 공부에 필요한 것들을 가지고 다닌다.

틈새 시간에 할 수 있는 일

- 오디오북을 듣는다.
- 영어 리스닝을 한다.
- 영어 단어를 암기한다.
- 스마트폰의 기출문제 앱으로 문제를 푼다.
- 전철을 타기 전에 문제를 머릿속에 떠올리고 가는 동안 생각한다.
- 정보를 수집한다(뉴스 보기 등).
- 공부 스케줄(행동 계획)을 재검토한다.
- 유튜브 등에서 교육 관련 온라인 동영상을 본다.

"시간을 효율적으로 활용하려면 시간을 짧게 나눠 공부할 수 있는 물건을 미리 준비해둬야 한다. 나는 스마트폰에 오디오북을 넣고 다니며 틈새 시간에 듣는다."(혼다 나오유키, 《레버리지 러닝》, 미들하우스, 2008)

"작은 교재나 단어장을 가지고 다니면 하고 싶을 때 손쉽게 공부할 수 있으니 꼭 해보기 바란다."(《꿈을 이루기 위한 공부법》)

공부법 책 100권의 저자 중 이동 시간 활용 방법을 궁리하는 사람도 있다. 저널리스트 이케가미 아키라는 출장 갈 때 서쪽으로 히로시마, 북쪽으로 센다이, 모리오카까지는 비행기보다 고속철도를 이용한다고 한다. 독서 시간을 확보할 수 있기 때문이다.

"나는 도쿄에서 히로시마까지는 지금도 신칸센을 이용한다. 편도 5시간 동안 충분히 독서를 할 수 있기 때문이다. 오사카 당일 출장 때는 가는 길에 읽을 책 한 권, 돌아오는 길에 읽을 책 한 권을 준비하는데, 그뿐만이 아니다. 신칸센이 도중에 멈출 것까지 가정해서 한 권을 더 준비한다. 그래서 항상 세 권을 가지고 있다."《무엇을 위해 배우는가(なんのために学ぶのか)》

2. 틈새 시간에 무엇을 하지 않을지 정한다

틈새 시간을 효율적으로 활용하기 위해서는 **할 일과 동시에 하지 않을 일을 정하는 것도 중요**하다. 예를 들어 SNS, 인터넷 서핑, 스마트폰 게임 등은 틈새 시간을 활용하는 데 아주 큰 적이다.

바빠서 공부할 시간이 없거나 할 일이 너무 많아 힘에 부치는 이유는 안 해도 되는 일을 하고 있기 때문이다.

공부의 고수들은 대부분 시간이 없다고 한탄하는 사람에게 이렇게 지적한다.

"시간은 있지만 공부를 우선시하지 않을 뿐이다."

"빈둥거리면서 아무 생각 없이 지내는 시간이 많기 때문이다."

공부 시간을 늘린다는 것은 그 외 일하는 시간을 줄인다는 뜻이다. 틈새 시간을 공부에 돌린다고 정해놓고, 긴급하지 않거나 중요하지 않은 일, 공부와 관계없는 일, 인풋할 필요가 없는 일, 성적 향상에 도움이 되지 않는 일에 소비하는 시간을 줄이면 공부 시간을 늘릴 수 있다.

낭비되는 시간을 없애고, 하지 않을 일을 정하는 것이 시간 관리의 기본이다.

"자신의 하루 행동을 분 단위로 기록해보자. 그러면 메시지, 인터넷 서핑, 혹은 술이나 담배를 즐기는 데 소비하는 시간이 상당하다는 사실을 깨닫는다. (…) 그렇게 쌓이는 시간은 공부 시간이 될 수 있으며, 그것을 잘 활용하면 공부 시간을 확보할 수 있다."(《마인드맵 자격증 시험 공부법》)

"무슨 일이 있을 때마다 잊지 말고 자문해보라. 불필요한 일 중 하나가 아닌가?"(마르쿠스 아우렐리우스, 《명상록》, 현대지성, 2018)

7위

집중력을 높이는 공간 만들기

POINT

1. 정신이 산만해지는 상황을 피한다.
2. 음악이 듣고 싶으면 가사가 없는 것을 고른다.
3. 가끔은 평소와 다른 공부 장소를 선택한다.

7위는 '집중력을 높이는 공간 만들기'이다.

공부법에 정통한 많은 저자가 **환경이 바뀌면 집중력도 달라진다**고 말한다.

소음이 귀에 거슬린다, 여름에는 너무 덥고 겨울에는 너무 춥다, 책상이나 의자 높이가 맞지 않는다, 책상 위가 지저분하다, 손이 닿는 곳에 스마트폰이나 게임기가 있다. 이런 환경에서는 공부에 집중할 수 없다.

환경은 집중력에 영향을 미친다. 환경과 관련해 다음과 같은 사항이 알려져 있다.

- 인간의 뇌는 질서를 좋아하고, 지저분한 환경에 있으면 집중

력이 쉽게 떨어진다.

- 지저분한 공간은 스트레스와 불안 수준을 높인다.
- 지저분한 환경을 정리하면 집중력과 정보 처리 능력이 개선된다.
- 환경을 정리하면 뇌는 저절로 집중하기 시작한다.

1. 정신이 산만해지는 상황을 피한다

집중력을 높이는 환경을 만들려면 정신을 산만하게 하는 것을 멀리하고, 집중을 방해하는 것을 최소한으로 해야 한다.

집중에 방해가 되는 것

- 소음(텔레비전 소리, 주변 말소리, 공사 소리, 자동차 주행 소리 등)
- 스마트폰
- 만화, 잡지
- 게임기
- 과자
- 지금 하고 있는 공부 외 참고서나 문제집

그럼 어떻게 해야 집중력을 높이는 환경을 만들 수 있을까? 공부법 책에 나온 집중력을 높이는 환경 조성 포인트를 보자.

집중력을 높이는 환경 조성 포인트

▶ 유혹하는 것(게임, 스마트폰, 만화 등)이 안 보이게 한다

취미나 오락과 관련된 물건 등 공부에 방해되는 것이 시야에 들어오는 환경에서는 정신이 산만해지기 쉽다.

"정말 공부에 집중하고 싶다면 공부하는 동안만큼은 스마트폰을 안 보이는 곳에 둔다. 그리고 알람을 꺼둔다."(《집공부 강화서》)

▶ 잡음과 소음을 멀리한다

조용한 상태를 만들면 공부 등의 지적 작업을 할 때 도움이 된다.

"공부 중에 텔레비전 소리가 들리는가? 만약 그렇다면 가족에게 헤드폰을 사용해달라고 이야기하자. 작은 잡음도 집중력을 떨어뜨리는 원인이 되므로 협조를 구한다. 여동생이나 남동생이 아직 어려서 다 같이 텔레비전을 보거나 게임을 하고 있다면 본인이 귀마개를 한다."(《부모와 자식이 함께하기 때문에 가능한 중학생의 공부 대전》)

▶ 지금 공부에 필요한 참고서만 둔다

예를 들어, 영어 공부를 하고 있을 때 수학 참고서가 눈에 띄면 '수학 공부도 해야 하는데'라는 생각이 들면서 다른 교과목이 신경 쓰여 집중이 흐트러진다.

책상 위에 둬도 되는 것은 지금 공부에 필요한 참고서뿐이다. 그 외 참고서는 책장에 넣어둔다.

▶▶ 책상과 의자 높이를 자신에게 맞춘다

적절한 사이즈의 책상과 의자를 선택한다. 책상과 의자의 높이가 맞으면 장시간 앉아 있어도 쉽게 피로하지 않고 집중력이 지속된다. 너무 낮거나 너무 높으면 어깨 결림, 요통, 눈의 피로, 집중력 저하 등 다양한 악영향을 미칠 수 있다.

책상과 의자의 높이는 90도가 기본이다. 의자에 깊숙이 앉아 손이 책상에 닿는 상태에서 팔꿈치, 허리, 무릎의 각도가 90도가 되도록 의자 높이를 조절한다.

| 90도가 되도록 책상과 의자 높이를 조절한다 |

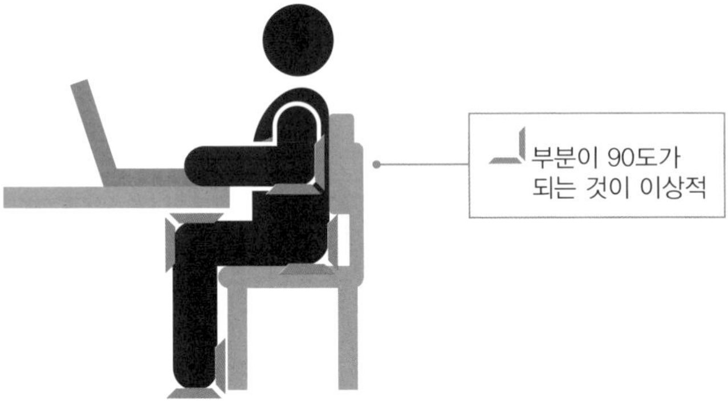

또한 책상의 크기에 따라서도 공부의 용이성이 달라진다. 책이나 노트 등 필요한 공부 도구를 충분히 펼칠 수 있는 공간이 확보되도록 한다.

▶▶ 적정 온도를 유지한다

방이 지나치게 덥거나 추워도 효율과 집중력이 떨어진다. 2022년 4월 1일 시행된 일본 문부과학성의 학교 환경 위생 기준에 따르면 교실의 **적정 온도는 18°C 이상, 28°C 이하**다.

나이, 체질에 따라 온도를 느끼는 방식에는 개인차가 있으므로 일단 **18°C 이상, 28°C 이하**를 기준으로 삼고, 자신이 쾌적하다고 느끼는 온도로 조절하자.

▶▶ 좋아하는 향기를 사용한다

향기도 집중력에 영향을 준다. 뇌과학자 나카노 노부코는 **작업하는 동안 좋은 향기를 몸에 뿌려둔다**고 밝힌다.

"어떤 이야기에 따르면 공부나 일을 할 때는 감귤류의 향기가 좋다. 하지만 집중을 위한 도구로 향기를 활용하고 싶다면 자신이 가장 좋아하는 향을 고르는 것이 최선이지 않을까?"(《세상의 똑똑한 사람들이 하고 있는 일을 한 권으로 정리했다(世界の頭のいい人がやっていることを1冊にまとめてみた)》)

번역가이자 평론가인 미야자키 신지는 간단히 공부 모드로 전환하는 방법으로 아로마 테라피를 꼽는다.

아로마 테라피는 식물에서 추출한 향 성분인 아로마 오일을 사용해 건강에 도움을 주는 자연요법이다.

아로마 오일에는 집중력 향상과 진정 효과를 기대할 수 있는 향기가 들어 있다.

"좋아하는 아로마 오일을 휴지나 손수건에 몇 방울 적셔 향기를 맡는 간편한 방법도 좋지만, 나는 집에서 공부할 때 분무 방식의 아로마 디퓨저를 이용해 실내에 향기가 퍼지게 한다."(《자신을 바꾼다!(自分を変える!)》)

아로마 오일의 종류와 효과

- 집중력 향상: 유칼립투스, 티트리, 블랙페퍼, 페퍼민트, 레몬
- 불면증 개선: 오렌지, 타임 리날로올, 네롤리, 라벤더, 로만 캐모마일
- 불안, 우울 개선: 재스민, 베르가모트, 만다린, 마저럼, 로즈메리
- 초조함 개선: 샌들우드, 팔마로사, 페티그레인, 프랑킨센스, 레몬그라스

▶ 정기적으로 책상이나 방을 치운다

뇌신경외과 전문의 쓰키야마 다카시는 **"물건 정리는 사고 정리와 연결된다. 바쁠 때일수록 정리를 우선시하자"**라고 제안한다.

"뇌의 능력을 최대한 발휘하려면 먼저 일을 정리해 우선순위를 정

해야 한다. 책상이나 가방의 내용물을 정리하는 것은 그때그때 집중해야 할 일을 명확히 하는 것과 연결된다.”(《두뇌의 힘 100% 끌어올리기》)

공부법 책 100권 중에는 책상과 방을 청소하고 정리정돈하면 잊고 있던 공부를 발견할 수 있고, 청소하는 시간이 쓸데없는 시간이 아니라 문제를 발견하는 시간이 된다는 의견도 있다.

2. 음악이 듣고 싶으면 가사가 없는 것을 고른다

“음악을 틀어놓고 공부해도 될까?”

이 질문에 공부의 고수들은 대부분 이렇게 답한다.

“가능하다면 듣지 않는 것이 낫다.”

그리고 다음과 같은 이유로 고수들은 대부분 공부 중에 음악을 듣는 것에 부정적이다.

“공부에 집중하는 뇌의 일부가 음악으로 향한다.”

“배경 음악으로 뇌의 기능이 떨어지는 것은 글래스고 칼레도니언 대학의 실험 결과로도 밝혀졌다.”

“의식의 일부가 선율을 쫓아가기 때문에 집중력이 한계까지 발휘되지 못한다.”

"음악에 의해 학습 속도가 떨어진다. 수학이 특히 두드러진다."

"항상 음악을 들으면서 공부하다 보면 음악이 없을 때 공부에 집중하지 못한다."

다만 무음 상태에서는 오히려 집중이 안 된다는 사람도 있으므로 무조건 금지하는 것은 아니다. 대체로 듣지 않는 편이 바람직하지만, 음악을 들으면서 공부하고 싶다면 주의해야 한다고 조언한다.

공부법 책 100권에 나와 있는 음악을 들으면서 공부할 때의 주의사항을 정리하면 다음과 같다.

✓ 음악을 들으면서 공부할 때 주의사항

● 우리말 가사가 없는 음악을 고른다

가사가 있는 음악을 들으면 가사(청각으로 얻는 말)와 공부(시각으로 얻는 말)의 두 가지 정보가 뇌로 흘러가기 때문에 뇌의 정보 처리 부담이 커진다.

"특히 국내 곡은 가사가 신경 쓰여 집중이 되지 않는다. 그렇다면 외국 곡이나 아프리카 민요처럼 들어도 의미를 잘 모르는 곡이 낫겠다고 생각하겠지만, 애초에 음악을 듣지 않는 편이 집중이 더 잘된다."(이시이 다카시, 《하면 안 되는 공부법(やってはいけない勉強法)》)

"가사가 있는 곡을 들으면 집중력이 떨어진다. (…) 작업할 때 배경 음악으로는 심플한 연주 음악을 선택하기 바란다."(스즈키 유, 《야수의 집중력》)

● 공부를 시작하기 10~15분 전과 휴식 시간에 듣는다

공부를 시작하기 전에 좋아하는 곡을 들으면 긍정적인 기분이 들어 의욕 상승으로 이어진다. **'공부하기 전에 듣는다 → 의욕이 생긴다 → 공부한다 → 쉬는 시간에 음악을 듣는다'**라는 식으로 반복하면 음악을 잘 활용할 수 있다.

● 듣는 것은 복습할 때만(단순한 공부를 할 때만)

복습은 처음 보는 내용을 공부할 때만큼 집중력을 사용하지 않아도 되기 때문에 편안하게 공부할 수 있다.

3. 가끔은 평소와 다른 공부 장소를 선택한다

공부하는 장소를 바꾸면 기분 전환이나 집중력 향상에 도움이 된다. 자신이 집중할 수 있는 장소를 몇 군데 정해두었다가 상황에 맞게 바꾸는 것도 추천한다. **환경이 바뀌었을 뿐인데, 풀리지 않던 문제가 풀릴 수도 있다.**

정신과 의사 가바사와 시온은《하루 5분, 뇌력 낭비 없애는 루틴》에서 **집, 카페, 도서관 등 자신이 집중할 수 있는 장소를 여러 곳 정해두라**고 제안한다. 여러 장소를 이동하면서 공부하면 집중이 잘되기 때문이다.

다른 장소로 이동할 시간이 없을 때는 집 안에서 장소를 바꾸는(암기는 자기 방에서, 일은 거실에서) 식으로 하면 집중력을 유지할 수 있다.

집중하기 쉬운 환경 선택, 공간 만들기에서 중요한 것은 **집중력을 높이는 환경을 알아두는 것**이다. 사람에 따라 혹은 그날의 컨디션에 따라 집중할 수 있는 환경이 달라진다.

쥐 죽은 듯이 조용해야 집중할 수 있는 사람도 있고, 적당한 잡음이나 배경 음악이 있어야 집중할 수 있는 사람도 있다. 자기 방에서 공부해야 집중이 잘되는 사람도 있고, 주변에 사람이 있는 환경에서 공부해야 집중이 잘되는 사람도 있다.

| 집이나 사무실 외에도 집중할 수 있는 장소를 찾아둔다 |

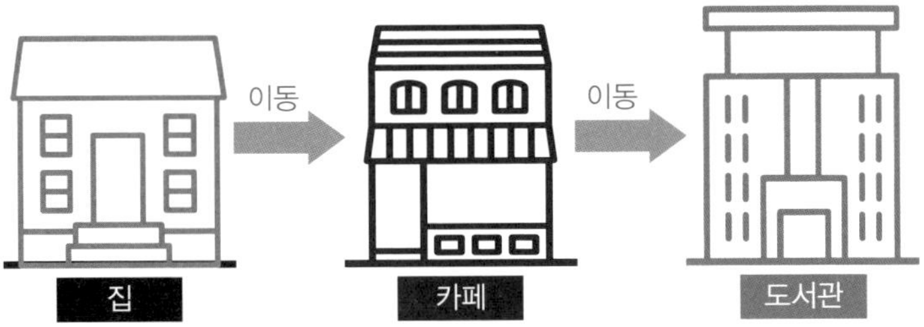

"당신은 어떤 환경에서 집중이 더 잘되는가? 혼자가 좋은가? 공공 장소가 좋은가? 한 장소에 머무르는 편이 좋은가? 여러 장소를 이동하면서 하는 것이 좋은가? 자신이 집중할 수 있는 환경이 어디인지 꼭 생각해보자."(《공부 결과는 책상에 앉기 전에 결정된다》)

8위

벼락치기를 멀리하고 잠을 푹 자기

POINT

1. 벼락치기를 하지 않는다.
2. 이상적인 수면 시간은 7~8시간이다.
3. 잠이 오지 않을 때 대처법을 알아둔다.
4. 선잠으로 효율을 올린다.

8위는 '벼락치기를 멀리하고 잠을 푹 자기'이다.

많은 사람이 공부 시간을 확보하기 위해 잠자는 시간을 줄이려고 한다. 시험공부를 많이 못 해서 벼락치기를 해본 사람이 많을 것이다.

하지만 공부법의 고수들은 수면이 뇌의 성능에 영향을 주기 때문에 잠자는 시간을 줄여 공부해서는 안 되고, 밤에는 잠을 잘 자야 한다며 충분한 수면 시간의 중요성을 언급한다.

공부하는 데 왜 수면 시간을 충분히 확보해야 할까?

수면에는 다음과 같은 장점이 있기 때문이다.

✓ 수면의 장점

- 기억이 자리를 잡는다.
- 기억이 정리된다.
- 모든 일에서 이해가 깊어진다.
- 몸이 휴식을 취한다.
- 치유 효과가 있다.

잠을 자면 깨어 있는 동안의 기억이 정리되거나 자리를 잡는다. 졸린데 무리하게 공부하면 머릿속이 정리되지 않은 상태가 이어져 효율이 떨어진다. 졸릴 때는 자는 편이 공부에 더 효율적이다.

1. 벼락치기를 하지 않는다

수면의 종류에는 렘수면과 논렘수면이 있다.

> ⊙ 렘수면
>
> 얕은 수면 상태. 몸은 쉬고, 뇌는 활발하게 움직인다.
>
> ⊙ 논렘수면
>
> 깊은 수면 상태. 몸도 뇌도 깊게 쉰다.
>
> ※ 렘(REM)은 rapid eyes movement(급속 안구운동)의 약자다. 렘수면일 때는 눈이 활발하게 움직인다.

렘수면과 논렘수면은 90분씩 번갈아서 찾아온다. 얕은 수면인 렘수면일 때 눈을 뜨면 상쾌하게 일어날 수 있다.

잠자는 동안에는 새로운 정보가 들어오지 않는다.

뇌는 렘수면 중에 활발하게 작용해 낮에 들어온 기억을 정리하거나 일시적으로 기억하던 것을 영속적인 기억으로 변환하고 더 깊이 이해하게 한다.

이 때문에 공부법 전문가들은 잠을 자지 않고 공부하는 벼락치기를 권하지 않는다.

내일까지 끝내야 할 리포트가 있거나 내일 당장 해야 할 프레젠테이션 준비가 부족한 상황처럼 긴급할 때는 어쩔 수 없지만(그런 경우에도 최소한의 수면 시간은 확보한다), 효율적으로 공부하려면 잠을 제대로 자는 것이 필수다.

● **밤**

뇌가 정리되지 않은 기억으로 가득 차 있다.

↓

● **수면 중**

기억이 정리되고 정착되는 시간. 수면 중에는 새로운 정보가 뇌에 들어오지 않으므로 잠들기 직전에 얻은 지식이 최신 정보로 축적된다.

↓

● **아침**

뇌가 깨끗한 상태다.

수면 중에 정보나 사고를 정리하거나 기억을 더 영속적으로 변환하는 뇌의 성질을 좀 더 활용하고자 하는 공부법 전문가도 있다.

뇌신경외과 전문의 쓰키야마 다카시는 다음과 같이 밝힌다.

"잠자는 동안에는 (…) 생각이 자동으로 정리된다. 예를 들어, 다음 날 사용할 자료를 훑어보고 문제점을 대강 생각해두면 다음 날 아침에 생각이 정리되기도 하다."(《두뇌의 힘 100% 끌어올리기》)

뇌과학자 모기 겐이치로는 **"잠든 사이에 기억이 정리되므로 뇌가 깨끗한 상태가 된다. 그래서 아침은 뇌의 능력이 가장 잘 발휘되는 시간대, 즉 뇌의 골든타임이다"**라고 말하며, 자기 업무에서도 잠에서 깨어난 뒤 3시간이 승부처라고 덧붙인다(《뇌가 기뻐하는 공부법》).

2. 이상적인 수면 시간은 7~8시간이다

수면 시간은 너무 길지도 않고, 너무 짧지도 않은 것이 좋다. 그럼 **효율적으로 공부하려면 얼마의 수면이 필요할까?** 수면 시간의 기준을 제시하는 책 중에서 그 일부를 소개한다.

- 《두뇌의 힘 100% 끌어올리기》: 최소 6시간, 가능하면 7시간 30분
- 《13세부터 머리가 좋아지는 요령 대전》: 8시간
- 《학습 천재가 되는 11가지 공부 비결》: 8시간
- 《마인드맵 자격증 시험 공부법》: 6시간 이상
- 《꿈을 이루기 위한 공부법》: 7~8시간
- 《도쿄대 No.1에게 배우는 머리를 단련하는 5가지 습관》: 7~8시간

수면 시간이 나와 있는 공부법 책을 자세히 조사해보니, **성인의 이상적인 수면 시간은 7~8시간이다.** 그렇다면 아이의 이상적인 수면 시간은 어느 정도일까?

《세계 최고 석학들이 추천하는 자녀교육 베스트 100》(서사원, 2021)에 3~5세는 10~13시간, 6~13세는 9~11시간이라는 데이터가 나와 있다.

반면에 최적의 수면 시간은 개인차가 있기 때문에 일률적으로 말할 수 없다는 의견도 다수다.

자신에게 맞는 최적의 수면 시간을 찾으려면 어떻게 해야 할까? 변호사 사토 야마토의 저서에 힌트가 있다.

"자명종을 켜지 않고 자다가 저절로 기분 좋게 깨어났을 때의 시간을 몇 번 재본다. 이를 기준으로 최대한 그 수면 시간을 확보하도

록 한다."《정답부터 보는 꼼수 공부법》

이상의 내용을 바탕으로 할 때 수면의 기준은 7~8시간이다. 그것으로 만족스러운 수면을 얻을 수 없는 경우에는 사토 야마토의 방법을 시도해 자기 나름의 이상적인 수면 시간을 찾는 것이 좋을 것이다.

한편, 최적의 수면 시간을 알고 있어도 시험이나 프레젠테이션 전날처럼 긴장과 흥분으로 잠을 이루지 못하는 경우도 있다.

다음 날 중요한 일이 있을 때는 일찍부터 잘 준비를 한다.

"나는 필요한 수면 시간+1시간 정도 여유를 가지고 잘 준비에 들어간다."《도쿄대 No.1에게 배우는 머리를 단련하는 5가지 습관》

3. 잠이 오지 않을 때 대처법을 알아둔다

공부에서 수면이 중요한 것은 분명하다. 그러나 알고 있어도 쉽게 잠들지 못하거나 잠이 들어도 금방 깨는 사람이 있다. 최대한 양질의 잠을 자려면 어떻게 해야 할까?

공부법 전문가들이 실천하는 잠자기 전에 하면 좋은 일과 반대로 잠자기 전에 하지 말아야 할 일을 정리하면 다음과 같다.

○ 잠자기 전에 하면 좋은 일

- 매일 똑같은 행동을 한다.
- 잔잔한 음악을 듣는다.
- 동물이나 식물을 돌본다.
- 잘 때는 방 안을 캄캄하게 한다.
- 잘 때는 휴대 전화나 스마트폰을 다른 방에 둔다.
- 잘 때는 귀마개로 소리를 차단한다.
- 잠들기 3시간 전까지 식사를 마친다.
- 낮에 햇볕을 적당히 쬔다(햇볕은 수면 유도 호르몬인 멜라토닌의 생성을 돕는다).
- 잠자기 1시간 전에 전자기기의 전원을 끈다.
- 목욕은 잠자기 1시간 30분 전에 한다.
- 자리에 누워도 잠들지 못할 때는 몸(어깨, 손발, 목 등)의 힘을 의식적으로 뺀다.

× 잠자기 전에 하지 말아야 할 일

- 자극적인 영상을 보거나 음악을 듣는다.
- 격한 운동을 한다.
- 저녁 이후 카페인을 섭취한다.
- 잠자기 직전까지 게임을 한다.

4. 선잠으로 효율을 올린다

수면에 관해 이야기한 공부법 책에서 장시간 수면에 더해 낮잠(선잠 포함)을 자면 지적 능력과 인지 능력이 향상된다고 지적하는 의견도 다수 있다.

"미국항공우주국(NASA)의 연구에 따르면 26분 동안 낮잠을 자면 조종사의 조종 능력이 34% 이상 향상되는 것으로 나타났다. 다른 연구에서는 45분 동안 낮잠을 자면 인지 능력이 마찬가지로 높아지고, 그 효과가 6시간 이상 지속된다고 나타났다."(존 메디나, 《젊어지는 두뇌 습관》, 프런티어, 2018)

낮잠의 장점

- 뇌가 휴식한다.
- 사고가 전환된다.
- 집중력이 올라간다.

낮잠이나 선잠은 몇 시간 자는 것이 가장 좋을까? 공부법 책에서는 10분, 15분, 20분 이내, 30분 등을 기준으로 제시한다. 대부분 30분 이내다. 반면 어린이의 경우는 30분~1시간 정도로 조금 더 길다.

낮잠을 잘 때 중요한 두 가지가 있다.

- 눈을 떴을 때 바로 공부를 시작할 것.
- 밤에도 충분히 잠을 잘 것.

낮잠을 잘 때는 너무 길게 자지 않도록 주의한다. 무심코 몇 시간 자면 공부가 계획대로 진행되지 않거나 밤에 잠이 오지 않을 우려가 있다.

낮잠을 잘 때 포인트를 정리하면 다음과 같다.

✓ 낮잠을 잘 때 포인트

(1) 이부자리에 들어가지 않는다(오랫동안 잘 우려가 있기 때문).

(2) 타이머나 알람을 활용한다.

(3) 자기 전에 카페인을 섭취한다(카페인 효과는 섭취 후 30분~1시간 후에 나타나기 때문).

(4) 귀마개나 안대 등을 이용해 소리와 빛을 차단한다.

물론 수면 시간에는 개인차가 있다. 낮잠이나 선잠 시간도 스스로 시도해보고 최선의 시간과 방법을 찾자.

Column

에빙하우스의 망각곡선

독일의 심리학자 헤르만 에빙하우스가 실시한 실험적 연구는 이후 기억에 관한 연구에 큰 영향을 미쳤다.

에빙하우스의 실험

- 의미 없는 3개의 알파벳으로 이루어진 단어(LAH, ROR, TAZ, REN 등 자음 + 모음 + 자음으로 이루어진 음절) 2,300개를 외운다(피험자는 에빙하우스 자신).

↓

- 일정 시간이 지난 후 같은 단어를 다시 기억한다. 한 번 외운 내용을 다시 외우기 위해 걸리는 시간을 산출한다. 첫 번째 외운 시간과 두 번째 외운 시간을 측정한다.

에빙하우스가 제창한 망각곡선은 장기 기억에 대한 시간의 경과와 기억의 관계를 나타낸 것이다.

망각곡선은 "사람은 한 번 외운 것을 금방 잊어버린다"라는 주장의 근거로 인용될 수 있다(100권 중에도 인용 사례가 있다). 기억한 지 20분 지나면 42%, 1시간 지나면 56%, 하루 지나면 66%, 일주일 지나면 77%, 한 달 지나면 79%를 잊어버린다. 따라서 반복이 중요하다.

이 곡선은 시간의 경과에 따라 기억이 얼마나 손실되는지 보여주는 것이 아니라, 한 번 외운 내용을 다시 외우는 데 걸리는 시간의 절약률을 나타낸다.

절약률은 반복 학습할 때 시간을 얼마나 절약할 수 있는지의 비율, 다시 기억하는 데 걸리는 시간의 비율을 말한다. 절약률이 높을수록 한 번 학습한 것을 다시 외우는 데 들어가는 노력이 줄어든다.

에빙하우스의 실험 결과

- **20분 후: 절약률 58%**
- **1시간 후: 절약률 44%**
- **하루 후: 절약률 34%**
- **일주일 후: 절약률 23%**
- **한 달 후: 절약률 21%**

가령 처음 학습하는 데 10분 걸렸다고 해보자. 20분 후 다시 외울 때는 4.2분(절약률 58%), 1개월 후에 다시 외울 때는 7.9분(절약률 21%)이 걸린다는 계산이 나온다.

| 에빙하우스의 망각곡선 |

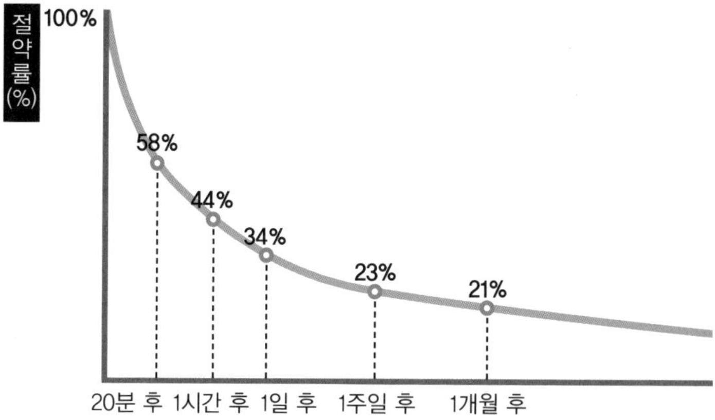

에빙하우스의 실험 결과를 통해 다음과 같은 것을 알 수 있다.

'바로 다시 외우면 짧은 시간 안에 외울 수 있다.'

'외운 후 시간이 지날수록 다시 외우는 데 시간이 걸린다.'

'복습 횟수를 거듭할수록 절약률이 높아진다.'

에빙하우스의 실험은 약 140년 전에 이루어졌기 때문에 정확도에 의문점이 지적되고 있다(피험자가 에빙하우스 혼자였다는 점, 무의미한 단어를 기억한다는 점 등). 하지만 처음 기억을 과학적으로 정의했다는 점에서 중요도가 높은 실험으로 인정받고 있다.

PART 2

학습 효율을 높이는 핵심 포인트 12가지

9~20위

9위

노트 작성할 때는 활용을 염두에 두기

POINT

1. 칠판 내용은 생각하면서 필기한다.
2. 교과서나 참고서를 노트로 활용한다.
3. 독서 노트는 다 읽은 후에 정리한다.

9위는 '노트 작성할 때는 활용을 염두에 두기'이다.

노트 작성을 어떻게 해야 할지 몰라 헤매는 사람이 많다.

노트는 목적에 따라 다양하게 나눌 수 있다. 100권의 공부법 책에 나온 노트를 분류하면, 주로 수업 노트, 공부 노트, 독서 노트로 나눌 수 있다. 이 책에서는 다음과 같이 정의한다.

⊙ 수업 노트

수업 중에 교사가 칠판에 적어놓은 내용이나 이야기한 것 중에서 중요한 사항을 적는 노트.

◉ 공부 노트

교과서나 참고서, 문제집의 요점을 정리하는 노트. 정리 노트도 여기에 포함된다.

◉ 독서 노트

읽은 책의 핵심이나 감상 등을 정리한 노트.

모든 노트의 공통점은 단지 필기만 하는 것이 아니라 **나중에 활용할 수 있어야 한다**는 것이다. 노트의 종류에 따라 쓰는 방식의 포인트가 다르다. 각각에 대해 살펴보자.

1. 칠판 내용은 생각하면서 필기한다

수업 노트는 수업 중에 사용하는 노트를 말한다. 그러나 많은 전문가가 수업 중 노트 필기에 집중하는 것에 의문을 품고 있다.

수업 중 노트 필기에 집중하는 경우의 단점

- 단순한 작업이 되는 경향이 있다.
- 내용이 머릿속에 들어오지 않는다.
- 기억에 남지 않는다.

그렇다면 수업 중에는 노트를 어떻게 사용해야 할까? 핵심은 다음 두 가지다.

▶▶ 수업 중에는 노트 필기를 하지 말고 이야기에 집중한다

수업 중에는 굳이 노트에 필기하지 말고 이야기를 이해하는 데 집중한다.

도쿄대 의학부 출신 오노다 히로카즈는 **"수업 중에 노트에 필기하다 보면 이해하거나 기억하는 데 방해가 되기 때문에 하지 않는 편이 낫다. 필기보다는 수업 중에 이해하고 기억하자"**(《13세부터 머리가 좋아지는 요령 대전》)라며, 수업 내용을 잊었다고 해도 참고서에 쓰여 있으니 **참고서를 보면 된다**고 덧붙인다.

▶▶ 나중에 활용할 수 있는 노트를 만든다

수업 중에 노트 필기를 할 경우, **단순히 칠판 내용을 필기하는 데만 집중해서는 안 된다. 무엇이 핵심인지 생각하면서 나중에 이해할 수 있고, 다시 보면서 활용할 수 있도록 작성한다**.

그러기 위해 다음과 같은 사항을 도입해보자.

- 나중에 깨달은 점을 적을 수 있도록 여백을 많이 남겨둔다.
- 화살표(→), 기호(+, =, ×, ○, #)를 활용해서 빠르게 작성한다.
- 중요한 내용은 오렌지색 펜으로 쓴다(나중에 빨간 시트로 숨기고 암기할 수 있도록).

초등학생의 경우에는 칠판 내용을 노트에 필기하는 작업이 중

| 다시 보고 싶어지는 노트 예시 |

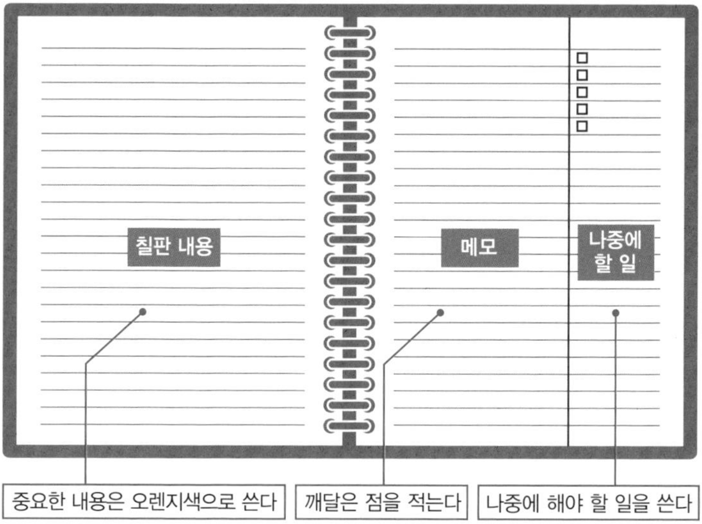

※《'아지랑이 데이즈로' 중학생부터의 공부법을 재미있게 배우는 책》을 참고로 작성.

요하다는 의견도 있다.

일본 국립정보학연구소 교수이자 사회공유지 연구센터장 아라이 노리코는 **"초등학교에서는 (…) 일단 자기 기분이나 능력을 조절하면서 작업에 집중하는 것을 목표로 하는 것이 좋다"**(《AI에 지지 않는 아이 키우기(AIに負けない子どもを育てる)》)라며, 그 속에는 **"칠판 내용을 정확하게 일정한 속도로 노트에 필기하는 일이나 정해진 순서에 따라 실험한 결과를 본 대로 기록하는 일이 포함된다"**고 말한다.

2. 교과서나 참고서를 노트로 활용한다

교과서나 참고서, 수업 내용을 하나로 정리한 공부 노트(정리 노트)를 작성하는 사람이 많다. 하지만 공부법 고수들은 공부 노트를 만들 필요가 없다고 주장한다. 시간이 걸리기 때문이다. **교과서나 참고서에 정리되어 있는 것을 일부러 다시 정리하는 것은 시간 낭비**다.

시간을 절약하고 효율적으로 공부하기 위해 공부법 고수들이 추천하는 것은 노트가 아니다. 참고서, 교과서, 문제집, 문제집 해설서 중에서 **자기가 사용하는 교재나 문제집에 직접 쓰는 것**이다.

책에 직접 쓰는 것의 장점

정보(배우는 내용)를 한 권에 집약해서 일원화한다. 이를 통해 교과서 혹은 참고서를 뒤적이거나 노트를 찾아보는 등 이쪽저쪽 보는 시간을 절약할 수 있다. 또한 교과서나 참고서 내용을 필기하는 작업도 생략할 수 있다.

절약해서 생긴 시간을 외우거나 생각하는 데 사용할 수 있다. 정보를 일원화하면 활용하기도 쉽다.

변호사 시라카와 다카히로는 《진짜 공부법》에서 다음과 같이 말한다.

"필요한 정보를 하나로 집약한다＝교과서나 참고서의 여백에 모

든 것을 쓴다. 새로운 의견, 깨달은 점, 외워야 할 포인트 등을 교과서(참고서)에 선을 긋거나 직접 써넣는다. 그러면 필요한 모든 정보가 일원화되어 한 번에 꺼내 볼 수 있다."

3. 독서 노트는 다 읽은 후에 정리한다

교양이나 지식을 습득하기 위해 책을 읽을 때는 도중에 노트에 적거나 메모하지 않는다. 책을 다 읽은 후에 적는다.

저널리스트 다치바나 다카시는 《지의 정원》(예문, 2010)에서 **"책을 읽으면서 노트에 메모하지 마라. 그래도 중요한 내용을 적거나 정리하고 싶다면 책을 다 읽고 나서 정리를 위해 다시 한번 읽는 것이 시간 면에서 훨씬 경제적이다"**라고 언급한다.

어째서 책을 읽으면서 메모하거나 노트에 정리하지 않는 것이 좋다고 하는 것일까? 그 이유에 대해 저널리스트 구쓰와다 다카후미는 《생각하는 힘을 기르는 책(考える力をつける本)》에서 **"독서는 리듬이 중요하며, 리듬을 무너뜨리는 최악의 적은 읽으면서 메모하는 일"**이라고 밝힌다.

구쓰와다 다카후미는 메모하고 싶은 대목이 있으면 리듬을 깨지 않기 위해 책 끝을 살짝 접어놓았다가 나중에 정리한다고 말한다.

노트 작성 포인트

① 수업 중에는 노트 필기를 하지 말고, 이야기를 이해하는 데 집중한다.

② 수업 중에 필기할 때는 무엇이 핵심인지 생각하면서 쓴다. 나중에 이해할 수 있고, 다시 보면서 활용할 수 있도록 신경 쓴다.

③ 사용하는 교재나 문제집에 직접 필기한다.

④ 노트를 작성하거나 메모하면서 동시에 읽지 않는다.

10위

다른 사람에게 배우기

> POINT
> 1. 다른 사람에게 배우면 동기 부여가 지속된다.
> 2. 성공한 사람의 이야기를 듣는다.

10위는 '다른 사람에게 배우기'이다.

많은 공부법 책이 학교, 학원, 세미나 등에서 교사에게 배우기, 친구나 선배에게 배우기, 성공한 사람에게 배우기 등 다른 사람에게 배우는 것이 중요하다고 언급한다.

다른 사람에게 배우는 내용은 크게 두 종류로 나눌 수 있다.

- **공부 내용이나 궁금한 것을 배운다.**
- **공부하는 방식(공부법)을 배운다.**

다른 사람에게 배우면 다음과 같은 장점이 있다.

- **성장이 빠르다.**
- **효율적으로 배울 수 있다.**
- **부족한 부분을 객관적으로 볼 수 있다.**

1. 다른 사람에게 배우면 동기 부여가 지속된다

경제평론가 가쓰마 가즈요는 《연봉 10배 올리는 공부법》(말글빛냄, 2007)에서 다음과 같이 말한다.

"다양한 학습법 중에서 가장 효율적이면서 동기 부여가 쉽게 지속되는 방법은 실력이 비슷한 사람끼리 모여 서로 학습하며 배우는 커뮤니티 러닝이다. 이는 각종 분석과 실험을 통해 밝혀졌다."

그리고 학교의 좋은 점으로 커뮤니티 러닝 장소를 제공한다는 점을 든다.

> ⊙ 커뮤니티 러닝(Community Learning)
> 같은 목적을 가진 사람들이 서로 격려하면서 학습을 지속하는 방법.

사업가 니시무라 히로유키는 **"가장 효율적인 방법을 다른 사람에게서 배우고, 그것을 따라 해보자. 그런 의미에서 독학으로 수험을 준비하기보다 학원이든 입시학원이든 가서 배우면 시간을 훨씬 절약할 수 있다"**라고 말한다(《무적의 독학술》).

학교에 다니는 장점으로 다음 8가지를 들 수 있다.

✓ 학교에 다니는 것의 장점

(1) 효율적이다.

(2) 친구와 함께 실력을 갈고닦을 수 있다.

(3) 반 친구를 통해서도 배우는 것이 많다.

(4) 동기 부여를 유지할 수 있다.

(5) 기초 학력을 습득할 수 있다.

(6) 신뢰성 높은 정보를 얻을 수 있다.

(7) 체계적인 노하우를 배울 수 있다.

(8) '학교에 가야 해서'라는 이유로 야근에서 빠질 수 있다(사회인이 자격증 취득 등을 위해 학교에 다니는 경우).

다만 사람에 따라 집에서 혼자 공부하는 것이 더 잘 맞는 경우도 있다. 법학자 야마구치 마유도 그중 한 명이다. 그녀는《7번 읽기 공부법》에서 다음과 같이 밝힌다.

"다들 입시학원이 좋다고 했지만, 나는 집에서 공부하기로 했다. 나는 다른 사람들이 주위에 있을 때 공부하는 것이 매우 불편하다. 좀처럼 집중할 수가 없다."

또한 그녀는 입시학원에서 교과서에 나와 있지 않은 정보를 접하면 **오히려 마음이 혼란스러웠다**고 한다.

당연히 독학으로 공부하는 사람도 있다. 중요한 것은 자신에게 맞는 공부법을 선택하는 것이다(자신에게 맞는 공부법에 대해서는 15위 참조). 학원이나 학교에 다니는 장점이 있지만, 자신에게 맞지 않으면 굳이 다닐 필요 없다.

2. 성공한 사람의 이야기를 듣는다

공부법 고수들은 자기 목표가 명확해졌을 때 성공한 사람의 이야기를 들으라고 추천한다. 나보다 먼저 합격한 사람, 성공한 사람은 그 목표에 도달하는 방법을 터득했을 것이다.

합격한 사람의 공부법, 사용했던 참고서 등을 따라 해서 비슷한 점수를 받으면 합격할 확률이 높아진다. 성공한 사람에게 합격까지 최단 경로를 물어보고 따라 하면 좀 더 효율적으로 목표에 도달할 수 있다.

직접 이야기를 들을 수 있는 사람이 주변에 없는 경우에는 **합격 수기를 읽는 것**도 추천한다.

의사 이노마타 다케노리는 **"나는 하버드 대학교 유학, 미국 MBA 진학을 목표로 하고 나서 그 과정을 실제 경험한 사람의 체험기나 블로그 글 등을 모조리 읽고, 그들이 어떻게 목표를 달성했는지 연구해서 따라 할 수 있는 점을 자꾸 받아들였다"**라고 말한다(《하버드 최강 공부법》).

합격 수기를 읽을 때는 다음 두 가지 사항을 주의한다.

▶▶ 합격 수기를 가능한 한 여러 개 읽는다

공부법 고수들은 다수의 정보원을 접하고 최대한 많이 읽어 합격에 필요한 정보를 얻으라고 제안한다.

▶▶ 그대로 받아들이지 않는다

어떤 사람에게는 합격하는 데 필수였던 참고서가 자신에게도 맞는다고 단정할 수는 없다. 따라 할 수 있는 것은 따라 하고, 자신에게 맞는 참고서 혹은 문제집인지, 자신이 할 수 있는 공부법인지 확인하고, 정보를 골라서 받아들인다.

✓ 합격 수기를 얻기 좋은 곳

- 블로그, 트위터, 책 등.

11위

속도를 내거나 암기보다 내용 이해하기

POINT

1. 이해 여부가 참고서 선택의 기본이다.
2. 이해도를 최우선으로 생각한다.

11위는 '속도를 내거나 암기보다 내용 이해하기'이다.

공부법 전문가는 대부분 이해의 중요성을 언급한다.

공부에서 왜 이해하는 것이 중요할까? **이해하면 기억하기 쉽기 때문**이다.

"암기할 때는 제대로 이해한다."

"이해하면 잘 외울 수 있다."

"이해하면 암기가 쉬워진다."

"그대로 외우는 것이 아니라 의미를 이해한다."

이런 식으로, 표현은 달라도 많은 책에서 이해와 기억의 관계에 대해 언급한다.

《마인드맵 자격증 시험 공부법》에서는 합격하는 데 필요한 능력을 다음과 같이 꼽는다.

합격하는 데 필요한 능력

① 이해력: 내용과 의미를 알았다고 진심으로 실감하는 능력. 인간의 뇌는 이해할 수 없는 것은 정보로 올바르게 인풋하지 못한다.

② 기억력: 매사를 기억하는(생각해내는) 능력. 정보로 저장하려면 복습이나 반복 학습이 필요하다.

③ 해답력: 정답을 도출하는 능력.

그렇다면 공부할 때 무엇을 이해하면 기억하기 쉬울까?

공부법 책에 나온 예시를 하나 소개한다.

이해하면 기억하기 쉬운 이유

- 영어 단어는 분해해서 어원을 이해한다.

하기와라 유토의 《성과의 방정식(成果の方程式)》에 따르면 영어 단어는 분해할 수 있다.

'respect'는 're'와 'spect'로 분해되며, 각각 의미를 지닌다.

- re: 여러 번, 뒤로, 다시 등
- spect: 보다

'여러 번 볼 정도로 마음에 걸리다' → '존경하다'

- 수학 공식은 도출법을 이해한 뒤에 외운다.
- 뜻을 모르는 말은 사전에서 찾아 이해한다.
- 역사는 흐름을 이해한다.

이해할 때는 전체의 흐름을 의식하는 것도 중요하다. 대학 입시 컨설턴트 마쓰바라 가즈키는 《90% 합격하는 공부법》에서 **"대학 입학 시험이든 자격증 시험이든 수험 공부는 모두 전체의 흐름을 파악하는 것부터 시작한다.** (…) **한 번 이해하는 과정을 밟지 않으면 학습 능력의 발전 폭이 매우 적어진다"**라고 강조한다.

1. 이해 여부가 참고서 선택의 기본이다

제대로 이해하려면 자기 수준에서 이해할 수 있는 책, 이해할 수 있는 참고서를 선택한다.

다수의 베스트셀러 참고서를 만든 정신과 의사 와다 히데키는 《어른을 위한 공부법》에서 **"조금이라도 알기 쉬운 해설서를 찾는 것은 어떤 공부에서든 기본적인 테크닉이다.** (…) **좋은 입문서, 해설서를 만나는 것에 성공의 열쇠가 달려 있다"**라며, **"이해하기 쉬운 것에는 개인차가 있고 자신과 가르치는 방법의 궁합도 존재한다. 어쨌**

든 서점에 가서 책을 읽으며 이해되어 고개가 끄덕여지는 책을 사는 것이 현명하다"라고 덧붙인다.

참고서를 고르는 방법에 대해서는 18위도 참조하기 바란다.

2. 이해도를 최우선으로 생각한다

시험 공부를 하다 보면 마음이 초조해져 앞으로 빨리 진행하려고 한다. 또 이해하지 못한 상태에서 통째로 암기하기도 한다.

하지만 **이해하지 못하고 앞으로 진행하거나 통째로 암기하는 것은 오히려 헛수고가 될 수 있다. 착실히 이해하는 것이 중요하다.**

세계적으로 유명한 대학의 학생들이 그 방법을 배우고 있다는 책, 《학습 천재가 되는 11가지 공부 비결》에서는 **"효율적인 독서의 요체는 속도가 아니라 읽고 있는 내용의 이해와 그 기억이기 때문이다. (…) 속도를 조금만 늦추면 잘 이해할 수 있다"**라고 강조한다.

그리고 베스트셀러 《AI에 지지 않는 아이 키우기》에는 다음과 같은 내용이 있다.

"RST에서는 빨리 읽는 것보다 정확하게 읽는 것을 중시한다. (…) 빨리 읽느라 정확하지 않게 읽으면 내용을 올바르게 이해할 수 없을

뿐 아니라 잘못된 지식을 습득할 위험성도 있다.”

RST란 아라이 노리코가 AI 연구를 통해 만든 리딩 스킬 테스트(Reading Skill Test)를 말한다.

그러나 이해하려고 노력해도 도저히 안 될 때는 일단 진행한다. 그 당시에는 이해되지 않더라도 다른 지식이 쌓인 뒤에 이해할 수 있는 사항도 있기 때문이다.

12위

배우는 대상에 흥미 갖기

POINT

1. 능동적으로 공부한다.
2. 좋아하는 것부터 파고든다.
3. 궁금하면 조사한다.

12위는 '배우는 대상에 흥미 갖기'이다.

공부법 전문가 대다수는 호기심을 가지고 배움을 즐기는 것의 중요성을 강조한다. 애초에 공부는 즐거운 것이라는 의견도 다수 있다.

"호기심이 충족되면 누구나 즐겁다고 생각한다. 이해가 깊어지면 기쁨을 느낀다. 이전까지 별개로 파악했던 것을 통일 법칙으로 이해하게 되면 누구나 쾌감을 느낀다. 이것이 인간의 본성이며, 공부는 본성을 충족시킨다. 따라서 공부는 본래 즐거운 것이다."(《초학습법》)

공부를 진심으로 즐기려면 흥미를 느끼고 호기심을 가져야 한다. 호기심을 갖고 공부를 하거나 인풋하는 것에 관심을 보이면 다음과 같은 장점이 있다.

호기심을 가지면 좋은 점

(1) 기억하기 쉬워진다.

(2) 집중할 수 있다.

(3) 동기 부여를 유지할 수 있다.

각각에 대해 좀 더 자세히 알아보자

▶▶ 기억하기 쉬워진다

숙제나 리포트 제출일은 까먹어도 좋아하는 친구들과의 약속은 반드시 기억하는 사람이 있다. 즐거운 일일수록 기억하기 쉽다. 또 '재미있다!', '즐겁다!'라고 감동하면 뇌가 쉽게 기억한다.

《30일 합격 필살기》에 따르면 **"흥미를 갖고 매사를 바라보거나 생각하면 θ(세타파)가 나오기 쉬워진다. 그것은 신경세포를 증가시키고 기억력을 향상시킨다"**. 또한 이 책에서는 좋아하는 것을 잘 기억하는 이유에 대해 **"흥미를 품고 있는 대상은 책이든 잡지 기사든 텔레비전 프로그램이든 자신도 모르게 몇 번씩 읽거나 보거나 체험하게 된다"**라고 말한다.

▶▶ 집중할 수 있다

자기가 좋아하는 일이나 관심 있는 일을 할 때는 집중할 수 있다. 때로는 시간 가는 줄 모를 정도로 집중하기도 한다.

▶▶ 동기 부여를 유지할 수 있다

흥미를 느끼면 의욕이 솟는다. 사회심리학자 하이디 그랜트 할버슨은 다음과 같이 말한다.

"사람들은 관심 있는 일에는 쉽게 피로를 느끼지 않는다. 실제로 최근 연구에서도 관심 있는 과제에 몰두하는 사람은 활력 있는 상태를 유지하는 것으로 밝혀졌다."(《작심삼일과 인연 끊기》)

1. 능동적으로 공부한다

공부는 자기 의지로 해야 즐겁고 효율적이다. 누가 시켜서 억지로 하면 공부가 싫어지고 효율성도 낮다.

테크놀로지 기업가 데이브 아스프리는 《최강의 인생》에서 **"관심 없는 것을 억지로 배우면 열중해서 배울 때 얻을 수 있는 정보의 10분의 1밖에 흡수하지 못한다"**라고 말한다.

능동적으로 공부하는 요령

- **스스로 교재 고르기**

  교재가 자신에게 맞지 않으면 스스로 이해하기 쉬운 참고서나 책으로 바꾼다. 유튜브에 올라온 동영상을 참고할 수도 있다.

- **자신에게 맞는 방식으로 공부하기**

  자신에게 맞는 방법이 무엇인지 찾아보고, 그 방식으로 공부한다 (15위 참조).

2. 좋아하는 것부터 파고든다

공부에 흥미를 느끼려면 먼저 좋아하는 것(공부 외라도 가능)을 찾는다. 찾고 나면 깊이 파고든다. 좋아하는 영어 노래가 있다면 사전에서 가사 뜻을 찾아보고, 동일한 사람이 만들거나 부른 노래 가사도 조사해본다. 반복하다 보면 영어 공부로 이어질 수 있다.

유튜버이자 방송인인 고노 겐토는 《심플한 공부법이 이긴다》에서 다음과 같이 밝힌다.

"당신이 좋아한다고 생각하는 것, 예를 들어 그림, 스포츠, 미식 등을 파고들다 보면 결국 공부로 향할 가능성이 크다."

좋아하는 것이 배움으로 연결되는 예

게임을 좋아한다

↓

게임 시스템을 만들어보고 싶다.

↓

프로그래밍을 배운다.

↓

좀 더 복잡한 프로그램을 만들고 싶다.

↓

수학 지식을 습득한다.

↓

좀 더 고도의 3D로 제작하고 싶다.

↓

물리 지식을 습득한다.

↓

영어권의 선진 기술을 도입하고 싶다.

↓

영어 지식을 습득한다.

좋아하는 것을 파고들면 새로운 목표가 생겨 폭넓은 분야를 공부할 필요성을 느낀다.

3. 궁금하면 조사한다

공부가 싫어도 '무엇일까?'라고 궁금했던 사항을 조사해본다.

조사하다 보면 **'이런 거였구나!'** 깨닫게 된다.

그러면 **감정이 움직이고, 감정이 움직이면 기억에 잘 남는다. 기억하거나 알게 되면 공부가 즐거워진다.**

싫다고만 하면 아무것도 변하지 않는다. 어떤 식으로든 행동해보는 것이 중요하다.

의문점을 조사하면 공부나 인풋이 즐거워진다

'공부하기 싫어.' '인풋은 귀찮아.'

↓

'그런데 잠깐만, 이건 뭘까?'

↓

궁금한 것을 조사한다.

↓

'아, 이거였구나!'라고 감정이 움직인다.

↓

기억에 잘 남는다. 이해할 수 있다.

↓

'의외로 재밌네!'

13위

실패해도 지나치게 반성하지 않기

POINT
1. 부정적인 말을 사용하지 않는다.
2. 틀리더라도 배울 점이 있다고 긍정적으로 받아들인다.

13위는 '실패해도 지나치게 반성하지 않기'이다.

"또 같은 문제를 틀렸어."

"시험에서 기대한 만큼 점수가 안 나왔어."

"1지망이었던 학교에 들어가지 못했어."

목표를 세우고 공부하다 보면 이런 실패를 겪거나 뜻대로 되지 않을 수 있다. 실패하면 당연히 낙담할 수밖에 없다.

공부법 전문가들은 **뜻대로 되지 않아 실패한 일을 긍정적으로 받아들여 오히려 기운을 내도록 하는 것**의 중요성을 강조한다. '실패는 성공의 어머니'라는 말도 있듯이, 실패가 성공이나 성장으로 이어지기 때문이다.

애초에 공부에서 중요한 역할을 하는 기억도 실패가 관여하고 있다. 뇌 연구자 이케가야 유지는 **"기억이란 실패와 반복에 따라 형성되고 강화되는 것"**이라며 **"(뇌는) 정답을 끌어내기 위해 무조건 시행착오가 필요하다. 실패하고, 그것을 바탕으로 다음에 무엇을 할 것인지 생각한다. 그리고 또 실패를 하고⋯⋯그런 식이다"**(《기억력 학습법》)라고 말한다. 공부에는 실패가 따르기 마련이다.

틀리거나 실패하지 않도록 준비하는 것은 중요하다. 그러나 실패를 받아들이는 방식이나 실패로 가라앉은 마음을 바로잡는 방법을 기억해두면 실패하더라도 신속하게 마음을 가다듬고 정상적인 공부 모드로 돌아갈 수 있다.

1. 부정적인 말을 사용하지 않는다

실패할 것 같은 일, 어려워 보이는 일에 직면하면 우리는 무심코 '나는 이런 일을 못 해', '이걸 어떻게 해'와 같이 부정적으로 생각하거나 부정적인 말을 한다. 하지만 이런 부정적인 말을 사용하지 말자.

"무리한 일이라서 할 수 없겠다고 생각하면 뇌가 정보에 마이너스 꼬리표를 붙이기 때문에 사고력이나 기억력이 떨어진다. 항상 부정적으로 매사를 파악하면, 사실 할 수 있는 일도 실패하거나 필요 이상으로 시간이 걸린다."(하야시 나리유키, 《3, 7, 10세 공부두뇌를 키우는 결정적 순간》, 테이크원, 2012)

"접하는 말, 사용하는 말에 따라 스트레스의 양이 변한다."(이케다 다카마사, 《도해 동기 부여 대백과(図解モチベ__ション大百科)》)

× 사용하지 않는 편이 나은 말과 발상

- "무리한 일이야."
- "나는 안 돼."
- "불가능해."
- "모르겠어."
- "이제 싫어."
- "힘들 것 같아."

이런 말은 사용하지 않는 편이 낫다는 것을 알고 있지만, 자신도 모르게 '불가능해', '무리한 일이야'라고 생각하는 경우도 있다.

사회심리학자 하이디 그랜트 할버슨은 《작심삼일과 인연 끊기》

에서 다음과 같이 말한다.

"훌륭한 성장 기회에 둘러싸여 있어도 성장할 수 없다고 믿으면 정말로 성장할 수 없다. (…) **다음으로 '나한테는 어려운 일이야"라고 말하고 싶어지면 '지금의 나한테는 아직 어려운 일이야'라고 바꿔 말하자."**

2. 틀리더라도 배울 점이 있다고 긍정적으로 받아들인다

실패하거나 틀렸을 때는 끙끙 앓지 말고 '또 하나 배웠다', '공부가 되었다'라고 긍정적으로 받아들인다.

도신 하이스쿨 영어과 강사 야스코우치 데쓰야는 **"공부에서 성공하려면 일일이 반성하지 않아야 한다"**라고 말하며, 과거의 일을 돌이켜보며 계속 반성만 하면 점점 슬럼프에 빠진다고 지적한다. 따라서 **큰 실패를 겪을 경우 억지로라도 이유를 만들어내며 '다행이야'라고 생각하라**고 권한다(《유능한 사람의 공부법》).

어떻게 하면 틀리지 않을지 개선 방법을 찾는 것도 중요하다. 낙담을 멈추고 마음을 전환해보자.

변호사 시라카와 다카히로는 《진짜 공부법》에서 다음과 같이 밝힌다.

"작은 어려움을 겪으면 마음의 면역력이 강해진다."

그리고 면역력 강화 훈련 방법을 소개한다.

그 가운데 하나가 작은 체험을 반복하는 것이다. 문제를 풀면 **작은 성공 체험**으로 자신감이 생기고, 풀지 못한 문제는 **작은 실패 체험**으로 개선한다. 실패로 면역력을 키운다는 발상은 그야말로 실패를 내 편으로 삼는 것이다.

★★★

14위

다른 사람에게 말해 기억에 남기기

POINT

1. 상대가 누구든 상관없다.
2. 인풋은 다른 사람에게 말하는 것을 전제로 한다.
3. 학습 능력을 올리는 데는 질문이 효과적이다.

14위는 '다른 사람에게 말해 기억에 남기기'이다.

"배운 것을 다른 사람에게 말하면 기억이 쉽게 정착된다."

"다른 사람을 가르치는 것이 가장 큰 배움이다."

"배운 것을 누군가에게 설명하는 것은 효과적인 학습법이다."

이처럼 많은 공부법 책에서 다른 사람에게 말하는 것, 다른 사람을 가르치는 것의 중요성을 언급한다.

직접 다른 사람에게 이야기하는 것만이 아니라 자신에게 이야기하거나(자신에게 설명한다) 기억에 의지해 공부한 내용을 써보는 것도 효과적이다.

《뉴욕타임스》의 인기 과학 리포터 베네딕트 캐리는 **"이것(학습한 내용을 자기 자신이나 자기 이외 누군가에게 설명하는 행위)은 매우 효과적인 학습법이다. 책상에 앉아서 계속 교과서만 들여다보는 공부보다 20~30% 더 효과적이다"**라고 밝혔다(《공부의 비밀》).

어째서 다른 사람에게 말하거나 가르치는 것이 좋은 공부 방법일까?

이해하지 못하면 상대방에게 전달할 수 없기 때문이다. 전달하려면 확실히 이해하고, 자기 말로 전환할 필요가 있다.

다른 사람이나 자신에게 말하기의 효과

- 이해가 깊어진다.
- 모르는 것이 무엇인지 명확해진다.
- 기억에 잘 남는다.
- 기억한 정보를 정리할 수 있다.

1. 상대가 누구든 상관없다

다른 사람에게 말할 때도 상대방의 지식 수준이 다양해 수준에 따라 얻을 수 있는 효과가 다르다.

말하는 상대의 수준에 따라 효과가 다르다

- 상대가 자신보다 지식 수준이 높은 경우(교사, 선배 등)

  자기 지식의 부족한 부분을 지적받거나 보완할 수 있다.

- 상대가 자신보다 지식 수준이 낮은 경우(아래 학년, 동생 등)

  아무런 지식이 없는 사람에게 제대로 설명하면 더 깊이 이해할 수 있다.

- 자신과 지식 수준이 비슷한 경우(동급생, 친구 등)

  서로 가르쳐주면서 더 잘 이해할 수 있다.

메이지 대학 문학부 교수 사이토 다카시는 중간고사나 기말고사 2주 전부터 친구들과 말하기 공부법을 했다고 전한다.

"둘이서 교과서의 같은 쪽을 읽고 외운다. (…) 한 사람이 외운 것을 말하면 다른 한 사람은 그것을 듣고 실수를 체크한다. 끝나면 교대한다. 이것이 외운 것을 이야기하는 말하기 공부법이다."(《내 아이의 머리가 좋아진다는 것》)

사이토 다카시는 수험 공부를 할 때도 이 방법을 활용해, **친구와 함께 도쿄대에 들어갔다**고 밝힌다.

2. 인풋은 다른 사람에게 말하는 것을 전제로 한다

다른 사람에게 직접 말하지 않고, 다른 사람에게 말하는 것을 전제로 인풋하기만 해도 효과가 있다.

뇌신경외과 전문의 쓰키야마 다카시는《두뇌의 힘 100% 끌어올리기》에서 **다른 사람에게 전달하는 것을 전제로 정보를 취득하는 일**의 중요성을 강조하며 **"정보를 의식적으로 머릿속에 넣으려면 기본적으로 그 정보를 출력해서 언젠가 다른 사람에게 전달한다는 전제가 필요하다"**라고 말한다.

예를 들어 "눈을 감아주세요. 이 방에 빨간 물건이 몇 개 있는지 알려주세요"라는 말을 갑자기 듣는 것과 "이 방에 빨간 물건이 몇 개 있는지 나중에 물어보겠습니다"라는 말을 미리 듣는 것은 정보를 받아들이는 방법 면에서 매우 다르다.

"나중에 물어보겠습니다"라는 말을 들으면 다른 사람에게 전달하는 행위가 기다리고 있으므로 방 안의 빨간 물건을 머릿속에 확실히 넣으려고 한다.

쓰키야마 다카시는 이처럼 다른 사람에게 전달하는 것을 전제로 정보를 얻으면 다음과 같은 장점이 있다고 말한다.

- **많은 정보를 떠올릴 수 있다.**
- **그 기억은 시간이 지나도 지워지지 않는다.**

3. 학습 능력을 올리는 데는 질문이 효과적이다

다른 사람에게 말하거나 다른 사람을 가르치면 이해가 깊어지는 것은 아이도 마찬가지다.

가토 노리코는 《세계 최고 석학들이 추천하는 자녀교육 베스트 100》에서 **"아이도 습관적으로 다른 사람을 가르치면 학습 효율이 높아지고, 지식이 잘 정착되는 것을 기대할 수 있다"**라고 말한다.

이 책에서는 가르치는 능력을 키워주는 포인트 세 가지를 소개한다.

가르치는 능력을 키워주는 포인트

① "이거 어떻게 풀어?"라고 질문하고, 모르는 척하면서 질문을 거듭한다.

② 틀려도 지적하지 않는다. 틀린 경우에는 "이게 맞아?"라고 질문해 스스로 생각하게 한다.

③ 아이가 가르쳐주면 "이해하기 쉽게 가르쳐줘서 고마워"라고 감사 인사를 한다 → 아이는 또 가르치고 싶어진다.

15위

맞지 않는 방식 고집하지 않기

POINT

1. 자신에게 맞는지 의심한다.
2. 자신에게 맞는 방법으로 바꿔간다.
3. 유형별 공부법으로 맞는 방법을 찾는다.

15위는 '맞지 않는 방식 고집하지 않기'이다.

공부법, 기억법, 집중법은 여러 가지가 있다. 사람마다 성격과 목표가 다양하기 때문이다.

"여러 사람에게 맞는 방법이야."

"다른 사람이 성과를 낸 방식이야."

"학교에서 배웠어."

"주위 사람들이 모두 하고 있어."

"○○이라는 책에 쓰여 있었어."

이런 공부법, 기억법, 집중법이 반드시 자신에게 맞는 것은 아니다.

자신에게 맞지 않는 방법을 놓지 못하면 쉽게 성과가 나지 않는다. 그러면 공부 방법이 맞지 않았을 뿐인데 '나는 공부를 못해', '이해를 못 하는 건 내 머리가 나쁘기 때문이야'라고 자책하거나 침울해질 수 있다.

경제학자 야나가와 노리유키는 《동경대 교수가 가르쳐주는 독학 공부법》(스타북스, 2015)에서 다음과 같이 말한다.

"배우는 방법은 사실 사람마다 유형이 많이 다르다. 첫 단계에서 이해하는 데 시간이 많이 걸리는 사람도 있다. 하지만 그렇다고 그 사람이 이해력이 없다고 단정할 수는 없다. (…) 자신의 유형이나 개성에 따라 자기 페이스대로 배워나가는 것이 매우 중요하다."

자신에게 맞는 방식으로 공부하면 얻을 수 있는 네 가지 좋은 점이 있다.

자신에게 맞는 방식으로 공부하면 좋은 점

- 금방 지치지 않는다.
- 공부가 진척된다.
- 즐겁게 할 수 있다.
- 효율적으로 집중할 수 있다.

1. 자신에게 맞는지 의심한다

의사 미즈카미 소우는《도쿄대 No.1에게 배우는 머리를 단련하는 5가지 습관》에서 **주변 사람이 하는 방법에 구애받지 말고, 자신에게 맞는 공부법을 찾는 것**이 중요하다고 이야기한다.

"학교 교사는 노트에 필기하라고 가르치고, 반 친구들도 당연하다는 듯이 노트를 사용한다. 그래서 자신도 노트에 필기를 한다. 이렇게 당연하다고 생각하는 공부법이 정말 자신에게 맞는 것인지 한 번쯤 의심해보기 바란다."

의심해본 뒤 자신에게 맞고, 사용할 만하면 받아들인다. 자신에게 맞지 않는다고 판단되면 받아들이지 않는다. 이런 식으로 자신에게 맞는 방법을 찾는 것이 좋다.

2. 자신에게 맞는 방법으로 바꿔간다

자신에게 맞는 방법을 찾으려면 지금까지 해온 방식을 바꿀 필요도 있다. 그렇다면 어떻게 바꿔야 할까? 다음 세 가지 포인트를 살펴보자.

공부법을 바꾸는 포인트

▶▶ 생각을 바꾼다

성과가 잘 나오지 않으면 일단 부족한 부분을 찾아본 다음 지금까지 해온 방식이나 사고방식을 바꾼다.

사고방식을 바꾸는 예

지금의 자신		새로운 사고방식
암기를 잘하지 못한다	→	이론적으로 관련된 것을 생각하면서 외운다
암기는 빨리 하지만 금방 잊어버린다	→	외운 다음 잊지 않도록 반복한다
이해하는 데 시간이 걸려 초조하다	→	초조해하지 말고 천천히 한다
노트 정리에 시간이 걸려 암기 시간을 낼 수 없다	→	노트 정리를 그만두고 교과서나 참고서에 정리한다
모두가 좋다고 말하는 참고서를 이해하기 어렵다	→	다른 참고서를 찾는다

▶▶ 한 가지 방식에 집착하지 말고 조합한다

예를 들어, 영어 단어를 쓰면서 외우려고 했지만 잘 외워지지 않을 경우에는 소리를 내어 읽거나 듣는 방법을 조합한다. 조합하면 새로운 깨달음을 얻을 수도 있다.

▶▶ '수파리의 법칙'으로 자기만의 공부법을 확인한다

육아 조언가 미치야마 게이의 《부모와 자식이 함께하기 때문에 가능한 중학생의 공부 대전》에도 힌트가 있다. 이 책에서는 '수파리의 법칙'을 제안한다.

수파리란 무슨 일이든 배울 때의 순서나 기본적인 자세를 의미하며, 원래는 무도나 다도에서 쓰는 말이다.

수파리의 법칙

- 수(守): 들은 대로 한다.

↓

- 파(破): 다른 방식을 시도해본다.

↓

- 리(離): 자신만의 방식이 완성된다.

우선 책에 적혀 있는 방법이나 틀을 시험해본다.

그것이 안 되면 다른 방법을 시도한다.

제대로 되는 방식은 계속 유지하고, 안 되면 본래 방식으로 돌아간다. 여러 방식 중에서 잘되는 것을 자기 나름대로 확인해나간다.

3. 유형별 공부법으로 맞는 방법을 찾는다

오분샤 편집부가 발행한 《공부가 좋아진다(勉強が好きになる)》에는 아이의 유형에 맞는 학습법 선택 방법으로 하버드 대학교 심리학자 하워드 가드너 박사가 제창한 다중지능이론을 소개한다.

인간이 가진 지능은 8가지가 있는데, **"아이의 특성에 맞게 잘하는 분야를 찾아서 잘 맞는 방법으로 학습시키면 아이의 능력이 크게 향상된다".**

아이의 8가지 유형과 유형에 맞는 공부법을 정리하면 다음과 같다. 자신이나 아이의 유형이 어디에 속하는지 확인하고 공부법을 변형해보면 좋을 것이다.

아이의 8가지 유형과 유형별 공부법

① 언어적 지능: 글을 잘 쓴다. 국어, 사회를 잘한다.

② 논리 · 수학적 지능: 과학적인 것을 빨리 이해한다. 수학, 이과 과목을 잘한다.

→ ①, ② 유형은 공부를 잘하는 아이가 많아 학교 공부에 적합하다.

③ 공간적 지능: 퍼즐 · 도형 문제를 잘 푼다. 그림으로 설명된 것을 잘 이해한다.

→ 그림이나 사진을 많이 사용한 책을 고르는 등 시각을 중시한다.

④ 음악적 지능: 노래나 악기 연주를 잘한다. 멜로디를 빨리 외운다.

→ 책이나 교재를 소리 내어 읽거나 노래로 만든다. 목소리를 낸다.

⑤ 신체 운동적 지능: 스포츠를 잘한다. 손을 움직이면 이해하기 쉽다.

→ 실험하거나 도구를 사용하는 등 몸을 움직이면서 집중시킨다.

⑥ 대인적 지능: 다른 사람과 함께하면 더 순조롭게 진행된다.

→ 가족이나 친구와 함께 공부한다.

⑦ 내성적 지능: 혼자 생각하면서 하면 더 원활하게 진행된다.

→ 혼자가 될 수 있는 시간과 장소를 확보한다.

⑧ 박물적 지능: 특정 사물에 대해 잘 안다. 도감에 관심이 간다.

→ 도감을 준비하거나 실물을 만지는 경험을 하게 한다.

16위

속독법 터득하기

POINT
1. 책은 필요한 부분만 이해하면 된다.
2. 목적에 따라 책 읽는 방법을 구분한다.

16위는 '속독법 터득하기'이다.

공부법 책들은 공부(특히 교양을 습득하는 공부)할 때 속독을 추천한다.

◉ 속독
책 등을 일반적인 속도보다 빨리 읽는 것.

책을 빨리 읽는 기술을 속독법 또는 속독술이라고 한다. 속독법은 개인이나 단체에 따라 제안하는 방식이 제각각인데, 그 종류를 정리하면 다음과 같다.

속독법의 예

● 포토리딩

카메라로 사진을 찍듯이 대량 문자를 한순간에 이해하는 방법(폴 쉴리, 《포토리딩》, 럭스미디어, 2003).

● 순독

우뇌를 이용해서 읽고, 문자를 시각적으로 이미지화한다. 좌뇌를 이용해 내용을 손으로 아웃풋한다(야마나카 에미코, 《순독(瞬読)》).

● 고속 대량 회전법

책을 빠른 속도로 여러 번 반복해서 읽는다(《30일 합격 필살기》).

● 속습법

많이 읽고 지식을 늘려 빠르게 읽는 방법(《1년에 500권 마법의 책 읽기》).

여기서는 특정 속독법에 한정하지 않고, 책을 빨리 읽는 속독 전반에 대해 정리한다.

속독의 장점으로 다음 세 가지를 들 수 있다.

속독의 장점

(1) 시간이 절약된다.

(2) 성과가 빨리 나온다.

(3) 이해도가 높아진다.

1. 책은 필요한 부분만 이해하면 된다

책을 구매하면 '구매한 성의가 있으니까', '필자의 마음이 담겨 있기 때문에', '한 글자, 한 구절 모두 이해하고 싶어서' 등의 이유로 처음부터 끝까지 전부 읽고 싶어진다. 그렇지만 이해하지 못해 중단하는 경우도 종종 있다. 그러면 공부도 중단된다.

공부의 고수들은 "모르는 곳은 건너뛰어도 된다", "모르는 용어는 무시한다", "반드시 다 이해하지 않아도 된다", "맛만 봐도 된다"라고 한다.

지(知)의 거인이라고 불리는 저널리스트 다치바나 다카시는 《뇌를 단련하다: 도쿄대 강의 1》(청어람미디어, 2004)에서 다음과 같이 말한다.

"잘 모르는 부분은 일단 대충 이해하고, 괄호 안에 넣은 채 지나가도 된다. (…) 책을 한 번 읽고 전부 이해할 필요는 없다."

또한 저자가 설명하는 방식이 좋지 않거나 저자가 틀릴 수도 있으므로 "**억지로 동조하지 않는 편이 낫다**"라고 밝힌다.

정신과 의사 와다 히데키는《어른을 위한 공부법》에서 다음과 같이 말한다.

"목차를 읽고 재미있을 것 같은 곳, 도움이 될 만한 곳만 읽고 건너뛰었더니 정보 수집량이나 참고문헌 수가 비약적으로 늘어났다." 그리고 이어서 **"중요한 부분만 정독하는 편이 머릿속에 지식으로 남는 것이 많다"**라고 덧붙인다.

야나가와 노리유키도 **"모르는 용어는 무시하고 책의 기본 콘셉트를 파악한다"**라고 말하며 **"책을 완벽하게 이해하는 데 시간과 노력을 들이는 것은 소용없는 일"**이라 생각한다고 밝힌다(《동경대 교수가 가르쳐 주는 독학 공부법》).

2. 목적에 따라 책 읽는 방법을 구분한다

책의 내용에 따라 읽는 방법을 바꾼다는 의견도 다수 있다.

《우리가 매일 하는 최강의 독서법》에서 이케가미 아키라와 대담을 하는 사토 마사루는 모든 페이지를 훑어보되 목적에 따라 아주 빠르게 속독하는 책과 일반적으로 속독하는 책, 정독하는 책으로 나눈다고 말한다.

아주 빠른 속독과 일반적인 속독

아주 빠른 속독: 한 권을 약 5분 만에 읽는다

- 맛보기로 읽으면서 전체적인 인상을 파악한다. 정독할 책인지 확인하고 읽을 항목을 탐색한다. 페이지를 모두 넘겨본다.

보통 속독: 한 권을 약 30분 만에 읽는다

- 내용을 대강 이해하면서 기억하고, 어디에 무엇이 쓰여 있는지 머릿속에 넣는다. 중요한 부분은 1쪽을 약 15초에 읽고 나머지는 아주 빠르게 속독한다.

한편 이케가미 아키라는 어느 책도 처음과 끝은 반드시 훑어보고, 기본이 되는 책은 천천히 읽으라고 조언한다. 그리고 내용에 깊이가 없거나 새로운 발견이 없어 보이는 책은 속독으로 끝낸다.

17위

시간제한을 두어 집중력과 기억력 향상하기

POINT
1. 목표에 기한을 둔다.
2. 기한을 세세하게 구분한다.

17위는 '시간제한을 두어 집중력과 기억력 향상하기'이다.

공부법 전문가 대부분은 "이 과목은 1시간에 여기까지 한다", "이 리포트는 ○시까지 마무리한다"와 같은 식으로 공부에 시간제한을 두라고 권장한다.

공부에 시간제한을 두는 이유로 다음 네 가지를 꼽을 수 있다.

공부에 시간제한을 두는 이유

(1) 집중력이 높아진다.

(2) 기억력이 향상된다.

(3) 해야 할 일이 명확해진다.

(4) 강제성을 만들 수 있다.

각본가이자 일본 신경심리학회에 소속된 가미오카 마사아키는 《부자들의 초격차 독서법》에서 "**사람은 시작과 끝을 강제로 지정받으면 그사이의 집중력이 비약적으로 높아진다고 알려져 있다**"라며 스포츠 경기나 시험도 시간이 정해져 있으면 "**의식이 거기에 초점을 맞추기 때문에 뇌가 집중력을 발휘한다**"고 설명한다.

기한을 둘 때의 포인트

- 기한과 함께 목표를 정한다.
- 기한을 세세하게 구분한다.

1. 목표에 기한을 둔다

번역가이자 평론가인 미야자키 신지는 《자신을 바꾼다!》에서 "**기한이 없는 목표를 세우면 시간이 아무리 지나도 달성할 수 없고 구체적인 기한을 정해놓고 시작하면 달성하기가 훨씬 쉽다**"고 이야기한다.

'○○ 시리즈 20권을 전부 독파한다.'
'○○ 자격증을 취득한다.'

'토익 점수 ○○점 받기.'

이런 목표를 세울 때는 반드시 '○○까지'라고 기한을 정한다.

'**한 달 내에** ○○ 시리즈 20권을 전부 독파한다.'

'**올해 안에** ○○자격증을 취득한다.'

'**올해 안에** 토익 점수 ○○점 받기.'

달성 목표를 세울 때는 목표와 기한을 항상 함께 생각하는 것이 중요하다.

이때는 목표를 **가능한 한 구체적으로 설정**한다. 예를 들어 '영어 실력을 늘린다'라는 목표는 애매모호해서 달성 단계를 알기 어렵다. 따라서 '영어 시험에서 **80점 이상** 맞는다'와 같이 숫자를 넣으면 목표가 명확해진다.

2. 기한을 세세하게 구분한다

기한을 최대한 세세하게 구분해야 한다.

그렇다면 어떤 일에 기한을 정하면 좋을까? 기한을 세세하게 정하는 일의 예를 보자.

기한을 두는 일의 예

- 인터넷 검색 시간

→ 기한이 없으면 시간 가는 줄 모르고 인터넷을 하게 된다. 시간을 15분으로 정했으면 타이머를 설정하고 시간이 되면 멈춘다.

- 시험 중에 문제를 푸는 시간

→ 어려운 문제를 만났을 때 '생각하는 시간 5분'이라는 식으로 정해 놓는다. 풀리지 않으면 포기하고 다음 문제로 넘어간다.

- 암기하는 시간

→ '○분 이내에 영어 단어 ○개 외우기'라는 식으로 설정한다.

책 읽는 원숭이는《혼자 공부하는 시간의 힘》에서 '한독(Timed Reading)'이라는 방법을 제안한다. 읽을 책을 정해서 시간을 15~30분으로 짧게 설정한 뒤 그 시간 동안 책을 읽는 방법이다.

이 방법을 반복하면 다음과 같은 효과가 있다.

"독서에 대한 집중력이 높아진다."

"요점을 파악하는 방법, 찾는 방법이 숙달된다."

"읽지 않아도 되는 부분이나 읽지 않아도 되는 책을 판단할 수 있다."

"읽을 수 있는 책의 권수가 늘어난다."

'하루를 사용하는 방법에도 기한을 두는 편이 좋다'라는 공부법 책도 다수 있다.

수험 코치 이케다 준은 하루를 오전, 오후, 밤으로 나누어, 각각 **오전 중에 할 일 리스트, 오후에 할 일 리스트, 밤에 할 일 리스트**를 써놓는다고 한다(《공부 결과는 책상에 앉기 전에 결정된다》).

하루를 세세하게 구분하지 않고 그날 하루에 할 일을 리스트로 만들면 기한이 길어져 해이해지거나 헛되게 보내는 시간이 생길 수 있으므로 주의해야 한다.

시간에 기한을 둘 때는 타이머를 사용하는 것이 좋다. 하지만 가능하면 스마트폰 타이머는 사용하지 않도록 한다. 스마트폰을 만지는 계기가 되어 오히려 공부에 방해가 될 수 있다.

18위

쉬운 참고서나 입문서로 시작하기

POINT

1. 얇고, 이해하기 쉽고, 빨리 읽을 수 있는 것을 고른다.
2. 입문서를 여러 권 읽는다.
3. 아동서와 만화책이 좋은 시작이 될 수 있다.
4. 책의 수준을 서서히 높인다.

18위는 '쉬운 참고서나 입문서로 시작하기'이다.

공부법 전문가들은 맨 처음에는 자신이 가장 이해하기 쉬운 참고서나 입문서로 시작하라고 권한다.

어째서 쉬운 참고서나 입문서부터 시작하는 것이 좋을까?

아무것도 모르는 상태에서 학습하는 경우 갑자기 어려운 참고서나 문제집으로 시작하면 이해가 안 되기 때문에 길게 지속하지 못한다. **"가능한 한 문턱을 낮출 필요가 있다"**는 것이 대체적인 의견이다.

그 밖에도 다음과 같은 장점을 기대할 수 있다.

쉬운 참고서나 입문서로 시작할 때의 장점

- 기초를 다질 수 있다.
- 빠르게 이해할 수 있다.
- 쉽게 접근할 수 있다.
- 전체 모습을 파악할 수 있다.

1. 얇고, 이해하기 쉽고, 빨리 읽을 수 있는 것을 고른다

그렇다면 쉬운 참고서나 입문서는 어떻게 선택해야 할까?

공부법 전문가들은 각자 경험을 바탕으로 선택 방법을 고려한다. 한 가지 예를 소개한다.

쉬운 참고서 · 입문서를 선택하는 방법

- 중요한 부분만 간결하게 정리된 얇은 것.
- 모르는 전문용어를 알기 쉽게 해설한 것.
- 자신에게 잘 맞거나 마음에 드는 것(글자가 큰 것이 좋으면 글자가 큰 것을 고르고, 그림이 많은 것이 좋으면 그림이 많은 것을 고른다).
- 빨리 읽을 수 있는 것.
- 여러 번 증쇄한 것. 독자들에게 안정적으로 지지받고 있음을 알 수 있다.

- 어렵다고 생각되면 읽기를 중단하고 다른 입문서를 고른다.
- 컬러로 된 참고서는 알기 쉽고 보기에도 쉬운 경우가 많다.
- 20% 정도는 아는 내용인 것(전혀 모르는 내용만 있으면 불안해진다).
- 저자의 프로필을 보고, 같은 분야에서 책을 여러 권 냈는지 확인한다. 여러 권 출간한 저자는 책을 쓰는 데 익숙해 알기 쉽게 설명한다.
- 읽고 싶은 주제에 대해 자세히 알고 있는 사람이나 신뢰하는 사람에게서 소개받는다.
- 도서관이나 서점에 가서 원하는 장르의 책을 고른다.

2. 입문서를 여러 권 읽는다

교토대 명예교수 가마타 히로키는 《Mr. 샐러리맨 공부 필살기》에서 어떤 주제라도 **입문서는 최소 세 권을 구매하는 것이 원칙**이라며 그 이유를 밝힌다.

"한 권으로만 배우려고 하면 내용이 한쪽으로 치우칠 수도 있다. (…) 세 권을 읽으면 어느 정도 균형 있게 개요를 파악할 수 있다. 또한 한 권 정도는 감명받을 만큼 좋은 책일 확률이 높다."

철학자 지바 마사야도 《공부의 철학》(책세상, 2018)에서 **입문서는 여러 권을 비교해야 한다**고 말한다.

"한 권만 읽고 믿으면 안 된다. 입문서를 한 권만 읽고 기초를 다 배웠다고 생각하면 안 된다. 여러 각도에서 그 분야의 틀을 살펴볼 필요가 있다. 같은 분야 연구자라도 해석 전개나 역점을 두는 방법 등이 각기 다르다."

하지만 지나치게 많이 구매하는 것도 생각해볼 일이다. 구매한 것에 만족해 바라보기만 하고 펼쳐보지도 못하는 경우가 있기 때문이다.

3. 아동서와 만화책이 좋은 시작이 될 수 있다

공부의 고수들은 입문서나 알기 쉬운 참고서뿐 아니라 공부의 문턱을 낮추는 교재도 소개한다.

✓ 공부의 문턱을 낮추는 교재

● 초등학생용 학습 만화

역사를 배울 경우에는 초등학생을 위한 세계사 시리즈나 국사 시리즈 같은 학습 만화를 고른다. 초등학생용 학습 만화는 전체적인 내용을 파악하는 데 도움이 된다.

● 초등학생을 위한 백지도(윤곽만 선으로 나타내고, 나머지는 하얀색 지도)

지리를 공부할 때 유용하다.

● 중학생 교과서

정치와 경제의 기초를 배울 수 있다.

● 어린이 전집 시리즈

문과인 사람은 이과 시리즈를, 이과인 사람은 문과 시리즈를 읽으면 도움이 된다.

● 영화나 인터넷 동영상을 활용한다

학습하고 싶은 주제의 영화나 동영상은 개요를 신속하게 파악하는 데 편리하다.

가마타 히로키의 《Mr. 샐리리맨 공부 필살기》에 따르면 작가 시바 료타로도 자연과학계의 주제에 대해 조사할 때는 아동서부터 읽기 시작했다고 에세이에서 밝혔다.

4. 책의 수준을 서서히 높인다

쉬운 참고서나 입문서로 기초를 다진 뒤 수준 높은 참고서나 전문서로 단계를 서서히 높여간다.

사업가 요시나가 겐이치는 《도쿄대 과외선생이 알려주는 머리가 좋아지는 공부법》에서 지식을 쌓기 위해 책을 구매하는 경우 지식을 효과적으로 흡수할 수 있는 순서를 소개한다.

책의 수준을 올리는 순서

단계 ① 입문서

↓

단계 ② 전문서

↓

단계 ③ 사전(용어집)

요시나가 겐이치는 입문서는 2~4권 읽고, 전문서는 1권이면 충분하며, 전문서를 선택할 때는 선배나 교사의 의견이나 입소문을 중시하라고 추천한다.

교육 활동가 사토 료코는 《합격 신 엄마의 영재 교육법》(스타북스, 2015)에서 **사용하는 참고서의 수준을 2단계로 나누는 방법**을 제창한다. 사토 료코는 자녀들이 사용할 참고서를 자신이 골랐다고 한다.

수준별 참고서 구분

- 수준① 첫 단원을 할 때

  얇은 참고서를 세 번 본다.

- 수준② 수험 단계 수준으로 올라갈 때

  수준을 높인 참고서를 몇 권 읽는다. 여러 가지 해설이나 사고방식, 문제를 접할 필요가 있기 때문이다.

수준 높은 참고서는 전부 읽지 않아도 되고, 문제를 풀다가 막혔을 때, 또 어떤 예제가 있는지 볼 때 등 깊이 이해하기 위해 사용한다.

19위

운동으로 뇌 단련하기

POINT

1. 운동을 하면 기억력이 향상된다.
2. 유산소 운동이 효과적이다.
3. 유산소 운동은 하루 1회 15분이 적당하다.

19위는 '운동으로 뇌 단련하기'이다.

"운동이 기억력을 향상시킨다."

"운동하면 뇌 전체의 기능이 개선된다."

"몸을 움직이면 공부 효율이 높아진다."

공부법 책 100권 가운데 17권이 이런 식으로 운동과 뇌의 관계를 언급하며 **"운동은 공부에 필수적이다"**라고 결론짓는다.

스웨덴의 정신과 의사 안데르스 한센은 다음과 같이 밝힌다.

"연구에 따르면 몸을 움직이거나 운동을 하는 것이 기억 훈련, 스도쿠, 크로스워드 퍼즐보다 뇌에 더 효과적이라고 한다. (…) **몸을 움**

직이면 가장 강화되는 부분은 사실 두뇌다."(《최강 뇌》)

경제학자 노구치 유키오는《초학습법》에서 이렇게 말한다.

"몸을 움직이는 것은 꼭 필요하다. 걷기는 누구나 손쉽게 할 수 있는 운동이다. 지적 작업에서 걷기의 효과는 많은 사람이 인정한다. 걸으면 발바닥이 자극을 받아 뇌 활동이 활발해진다. 걷기는 공부의 가장 좋은 친구다."

1. 운동을 하면 기억력이 향상된다

운동이 공부에 미치는 효과로 여섯 가지를 들 수 있다.

운동이 공부에 미치는 효과

(1) 집중력이 높아진다.
(2) 학습 효율이 향상된다.
(3) 머리가 맑아지고 주의력이 높아진다.
(4) 의욕이 생긴다.
(5) 기억력이 좋아진다.
(6) 스트레스에 대한 저항력이 높아진다.

운동의 효과로 특히 많이 거론되는 것은 기억력이다. 이는 연구를 통해서도 밝혀진 바 있다.

존 레이티와 에릭 헤이거먼의 《운동화 신은 뇌》(북섬, 2009)에 따르면 **"2007년 독일 연구자 그룹이 인간을 대상으로 한 연구에서 운동 전보다 운동 후에 20%나 빠르게 단어를 습득했다"**는 결과를 얻는다.

바바라 오클리와 올라브 슈위가 쓴 《학습 천재가 되는 11가지 공부 비결》에 따르면 운동이 학습과 기억 형성에 모두 도움이 되는 이유가 발견되는데, **"그것은 운동을 통해 뇌 속에 BDNF가 만들어지기 때문이다"**.

BDNF(brain derived neurotropic factor, 뇌 유래 신경영양인자)는 단백질의 일종으로, 분비되면 뇌 내 연결이 강화되어 정보 전달이 빨라진다. 운동을 하면 BDNF가 분비되기 때문에 뇌가 활성화된다.

실제로 운동을 암기에 도입하는 공부의 고수도 있다.

일본에서 개그 콤비 로잔으로 활동하는 우지하라 후미노리는 교토 대학 법학부를 졸업한 수재로, 퀴즈 프로그램에서도 활약하고 있다. 고등학교 동창이기도 한 멤버 스가 히로후미는 《교토대 연예인(京大芸人)》에서 우지하라 후미노리의 공부법을 소개한다.

"우지하라 후미노리는 밑줄을 긋지 않는 대신 다른 방식으로 암기했다. 그것은 '쓰기, 소리 내기, 돌아다니기'였다. 우지하라는 어떤 장소에서든 그렇게 했다. 도서관에서도 말이다."

2. 유산소 운동이 효과적이다

공부를 효과적으로 하는 운동에는 여러 가지가 있다. 걷기, 조깅, 스트레칭, 근력운동 등 다양하다. 운동의 종류에 따라 효과적인 기억의 종류가 다르다고 지적하는 책도 있다.

안데르스 한센은 《뇌는 달리고 싶다》에서 **기억도 운동의 종류에 따라 영향을 받는 종류가 다르다**고 지적한다.

- **암기 능력: 러닝**
- **연상기억(예를 들어, 얼굴과 이름을 일치시키기): 근력운동**
- **기억력(예를 들어, 열쇠를 둔 위치 떠올리기): 러닝, 근력운동**

그리고 **기억력 향상에 가장 효과적인 것은 유산소 운동**이라고 결론짓는다.

100권의 공부법 책에 소개된 운동의 종류 중 가장 많이 거론된 것은 걷기다.

⊙ 유산소 운동

지방이나 당질을 산소를 이용해 에너지로 바꾸면서 실시하는 비교적 가벼운 운동. 조깅, 걷기, 수영, 자전거 타기, 에어로빅 등.

3. 유산소 운동은 하루 1회 15분이 적당하다

그렇다면 유산소 운동을 어느 정도 해야 할까? 《학습 천재가 되는 11가지 공부 비결》에 따르면 **"인지 기능을 유지하고 발달시키기에 적합한 운동량에 대한 가이드는 전혀 존재하지 않는다"**.

공부법 책들에는 다음과 같은 기준이 소개되어 있다.

- 일주일에 총 2시간 이상의 유산소 운동. 한 번에 45~60분 이상 운동을 일주일에 여러 번. 시간을 낼 수 없는 경우에는 하루에 15분씩만 해도 효과가 있다(《하루 5분, 뇌력 낭비 없애는 루틴》).
- 적어도 하루에 세 번은 밖에 나가서 걷거나 천천히 뛴다(《공부 결과는 책상에 앉기 전에 결정된다》).
- 한 달에 2회, 한 번에 8시간 정도 걷는다(《Mr. 샐러리맨 공부 필살기》).
- 유산소 운동을 주 2회(《젊어지는 두뇌 습관》, 프런티어, 2018).

- 매주 5일 동안, 매일 적어도 30분 동안 적당한 부하가 걸리는 운동을 한다(평소 심장 박동보다 적당히 빨라지면 된다). 근력 강화 운동을 적어도 이틀은 한다(《학습 천재가 되는 11가지 공부 비결》).
- 공부하기 전에 10분 달리기, 공부한 후에 5분 걷기(기억력 향상). 한 번에 40분 걷기를 주 3회(뇌의 워킹 메모리를 늘린다)(《시간 낭비를 확 줄여주는 초효율 공부법》).

  ※ 워킹 메모리: 단기적으로 정보를 처리하는 뇌의 기능.

종합하면, **'유산소운동은 하루에 한 번, 15분 정도'**가 바람직해 보인다.

수능을 앞두고 있거나 공부하다 보면 1분 1초가 아까워 운동에 신경 쓰지 못할 수 있다. 수험 코치 이케다 준은《공부 결과는 책상에 앉기 전에 결정된다》에서 다음과 같이 말한다.

"몸 관리를 제대로 해야 장기적으로 공부를 지속할 수 있다. (…) 이를 악물고 열심히 공부만 하는 것이 아니라 행복을 느끼며 공부를 즐겨야 성과도 낼 수 있다. (…) 나 역시 컴퓨터 작업만 하던 생활에 운동을 도입해서 극적으로 효율이 높아졌다."

공부법 고수들에 따르면 매일 정기적인 운동뿐 아니라 생각이 막혔을 때나 머리가 돌아가지 않을 때도 산책이 좋다. 10~15분 정도 산책을 하면 뇌가 활성화된다.

20위

오감을 총동원해서 배우기

POINT

1. 가능하면 오감을 동시에 사용한다.
2. 시각 기억을 단련한다.
3. 틈새 시간에는 귀를 통해 배운다.

20위는 '오감을 총동원해서 배우기'이다.

◎ 오감

눈, 귀, 코, 혀, 피부, 이렇게 다섯 개의 감각 기관을 통해 외부의 자극을 느끼는 시각, 청각, 후각, 미각, 촉각의 다섯 가지 감각.

예를 들어, 영어를 배울 때는 다음과 같이 최대한 오감을 이용한다.

- 눈으로 읽는 묵독
- 귀로 듣는 청독

- 소리 내어 읽는 음독
- 손을 사용해서 쓰기

오감을 이용해서 배우면 기억에 쉽게 남는다.

많이 묵독하고, 많이 듣고, 많이 소리 내어 읽고, 많이 쓰면 쉽게 외울 수 있다.

1. 가능하면 오감을 동시에 사용한다

다양한 감각이 동시에 작용하면 효율적으로 외울 수 있다. 예를 들어 암기할 것이 있을 때는 다음과 같이 한다.

- 귀로 들으면서 말하고 쓰기
- 눈으로 보고, 소리 내어 읽으면서 쓰기

오감을 동시에 사용하면 뇌가 풀가동하기 때문에 쉽게 기억할 수 있다. 작용하는 감각기관이 많을수록 오래 기억된다.

《마인드맵 자격증 시험 공부법》에서는 다음 세 가지가 학습을 향상시킨다고 한다.

- 시각(visual)
- 청각(auditory)
- 신체감각(kinesthetic)

신체감각은 촉각, 압력, 몸 내부의 감각(이해가 된다, 가슴이 두근거린다 등)을 말한다. 영화가 인상에 쉽게 남는 이유는 세 가지 감각을 동시에 사용하기 때문이다.

이 책에서는 세 가지 감각을 의식적으로 사용할 것을 제안한다. 예를 들어, **시각의 요소로는 밝기, 색상, 길이, 움직임, 대비가 있는데,** 이런 요소를 사용해서 정보를 효율적으로 머릿속에 넣으라는 것이다. 구체적으로, 노트에 정리할 때는 **컬러펜이나 형광펜을 사용해서 시각적으로 만들면 효과적**이다.

2. 시각 기억을 단련한다

세미나 강사 소노 요시히로는 《1년에 500권 마법의 책읽기》에서 일련의(몇 자릿수의) 숫자를 외우는 방법으로 두 가지를 들었다. 눈에 들어오는 정보를 기억하는 시각 기억 활용법과 귀로 들어오는 정보를 기억하는 청각 기억 활용법이다.

숫자를 외우는 유형

- 청각 기억을 사용한다

  숫자를 내언어화(구체적인 발성 없이 마음속으로 하는 말)한다.

- 시각 기억을 사용한다

  천천히 바라보면서 이미지로 기억한다.

일반적으로 청각 기억 쪽이 더 익숙하다. 소노 요시히로는 **시각 기억이 강해지면 영상으로 기억할 수 있기 때문에 에피소드 기억을 단련하는 데도 도움이 된다**며 시각 기억 훈련법을 소개한다(에피소드 기억은 1위 참조).

그중 하나인 '한 점 응시법'은 한 점을 바라보는 방법이다. 이때 포인트는 물건을 보려고 의식하는 것이다. 그리고 하루에 한 번씩 매일 하는 것을 권장한다.

| 시각 기억을 단련하는 한 점 응시법 |

① 책상 위에 책을 놓고 목차를 편다. 하나의 숫자를 20초 동안 응시한다.
② 눈을 감고 그 숫자를 떠올린다.
③ ②의 숫자에 상상으로 색을 칠한다. 공부를 시작하기 전에 하기를 추천한다. 공부 자세로 돌입하는 데 도움이 되기 때문이다.

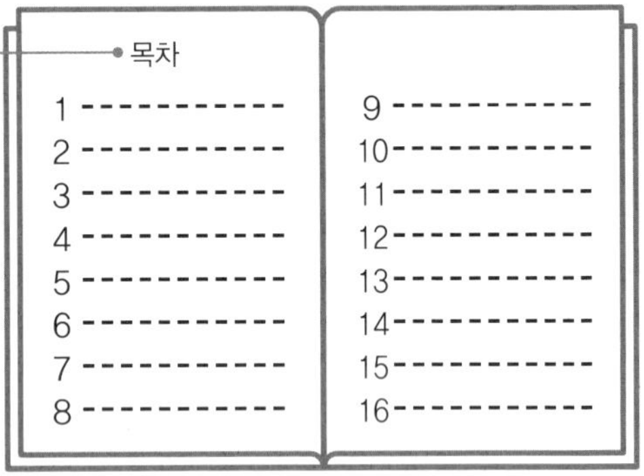

3. 틈새 시간에는 귀를 통해 배운다

사람이 많은 전철 안이나 산책할 때처럼 틈새 시간에는 귀를 통한 학습 방법을 활용한다. 이어폰을 사용해 오디오북이나 음성 콘텐츠에 귀를 기울인다(틈새 시간 활용법은 6위 참조).

3년 만에 9개의 자격증을 취득한 다나다 겐타로는 《대량으로 외워서 절대 잊지 않는 종이 한 장 공부법》에서 귀로 듣는 학습을 제안한다. **문제집을 음성을 통해 귀로 듣고 학습하는 방식**은 2단계에 걸친 학습법이다.

문제집을 음성을 통해 귀로 듣는 학습

단계 ① 스마트폰 녹음 기능을 사용해서 문제집을 직접 녹음한다. 말을 빠르게 하는 것이 포인트다.

↓

단계 ② 블루투스 이어폰으로 듣는다. 한쪽 귀에만 꽂으면 주변에서 말을 걸어도 대응할 수 있다.

Column

머리가 좋다는 것은 어떤 상태일까?

공부법 책에는 머리가 좋아진다는 키워드가 자주 나온다. 그럼 애초에 머리가 좋다는 것은 어떤 상태를 말하는 것일까?

머리가 좋은 상태에는 '기억력이 좋다', '발상이 창의적이다', '통찰력이 날카롭다', '두뇌 회전이 빠르다', '사고력이 뛰어나다', '시험 점수가 높다' 등 다양한 조건과 특징이 있다. 공부법 책을 100권 읽고 알게 된 결론은 다음과 같다.

"똑똑함은 한마디로 정의하거나 해석할 수 있는 것이 아니다."

"머리가 좋다, 머리가 나쁘다에 대한 명확한 판단 기준은 없다."

공부법 책 100권의 저자는 머리가 좋은 것에 대해 독자적인 관점, 해석, 정의를 내린다. 하지만 모든 저자의 생각이 다른 것은 아니다.

'머리가 좋다는 것'에 대한 공통적인 의견을 다음 세 가지로 정리할 수 있다.

'머리가 좋다는 것'에 대한 공통적인 의견

① 공부를 잘한다고 머리가 좋은 것은 아니다.

② 자기 머리로 생각할 수 있다.

③ 본질을 판별할 수 있다.

▶▶ 공부를 잘한다고 머리가 좋은 것은 아니다

시험 점수나 대학 입시 점수는 머리가 좋은지 측정하는 기준이 아니다. 공부법 책 100권의 저자는 학력이란 머리가 좋은지 알 수 있는 한 면에 불과하다고 말한다.

공부를 잘하는 것은 천재적인 재능이 있어서도 아니고, 머리가 좋아서도 아니다. 자기에게 맞는 공부법을 확립하고, 배운 것을 이해하고 기억하며 재생하는 노력을 하고 있기 때문이다.

메이지 대학의 교수 사이토 다카시는 학교 공부를 잘하는 것과 사회에서 활약하는 것은 다르다고 지적한다.

"공부를 잘하고 성적이 좋다는 것은 어떤 면에서 확실히 머리가 좋은 것이다. 하지만 여러분이 생각하는 것만큼 절대적인 것은 아니다. 학교를 나온 뒤 인생에 필요한 영리함은 높은 사회적 적응성이다."(《내 아이의 머리가 좋아진다는 것》, 창심소, 2021)

한편 법학자 야마구치 마유는 공부 잘하는 것을 머리가 좋은 기준의 하나로 꼽는다.

"가장 단순하고 알기 쉬운 기준은 사실 공부를 잘한다는 평가 아닐까? 공부를 잘한다는 것이 머리가 좋다는 것과 완전히 같은 것은 아니지만, 큰 요소 중 하나다."(《7번 읽기 공부법》)

야마구치 마유가 공부를 머리가 좋은 것의 기준으로 삼는 이유는 누구나 공부하면 지식을 얻을 수 있으며, 지식을 자기 것으로 만들기 위한 가장 빠른 길을 이해하고 실천하는 사람이 공부를 잘하기 때문이다.

야마구치 마유의 문맥에서는 '머리가 좋은 사람=공부를 잘하는 사람=노력과 시행착오를 거듭하는 사람'이라고 읽을 수도 있다.

▶▶ 자기 머리로 생각할 수 있다

많은 것을 기억하는 것, 많은 정보를 가지고 있는 것의 가치는 점점 떨어지고 있다. 인터넷이 발달하면서 누구나 바로 정보를 수집할 수 있기 때문이다. 정보 내용이나 성질에 따라 시간이 지날수록 진부해져 도움이 되지 않는 경우도 있다.

변화가 심한 시대에 필요한 것은 가지고 있는 정보량이나 기억하는 지식량이 아니라 자기 머리로 생각하는 것, 자기 의견을 가지는 것이다.

정보나 지식은 생각하기 위한 재료일 뿐, 그 자체가 자신의 사고는 아니다. 아는 것을 보여주는 것과 내 의견을 말하는 것은 엄연히 다르다.

저널리스트 이케가미 아키라는《무엇을 위해 배우는가》에서 다음과 같이 말한다.

"대학 강의에 사용되는 다양한 교재를 무조건 믿는 것이 아니라 '이 사람은 이렇게 주장한다. 그렇지만 정말일까?'라고 의문을 품고 거기에 대응하는 것이 매우 중요하다. 곰곰이 생각해서 그 사람의 의견이 맞는지 잘 검토해봐야 한다. 이것이 배우는 것이다."

이케가미 아키라 외에도 머리가 좋은 것의 조건으로 사고력이나 생각하는 힘을 꼽는 저자가 많다. 비즈니스 컨설턴트 호소야 이사오는《지두력》에서 머리 좋은 사람을 크게 세 가지로 구별한다.

(1) **박학다식한 유형**: 기억력이 좋아서 아는 것이 많다.

(2) **재치 있는 유형**: 커뮤니케이션 능력이 뛰어나고, 세세한 데까지 생각이 미친다.

(3) **지두력이 좋은 유형**: 생각하는 힘이 강해 문제를 해결하는 능력이 뛰어나다.

호소야 이사오는 이 세 가지 모두 **비즈니스(혹은 일상생활에서도)에서 꼭 필요한 지적 능력**이라고 한다. 더불어 **"지두력은 미지의 영역에서 문제를 해결해나가는 능력이라는 점에서, 환경 변화가 심하고, 과거 경험이 미래의 성공을 보증한다고 할 수 없는 현재에 중요한 능력이라고 할 수 있다"**라고 말한다.

작가 니시오카 잇세이, 철학자 오가와 히토시는 본질을 파악할 수 있는 사람을 머리가 좋은 사람이라고 부른다. 통찰력이 날카롭고 모든 일의 본질을 빠르게 파악할 수 있는 사람은 머리가 좋다고 평가받는다는 것이다.

"본질 사고, 이것이야말로 이 책에서 가장 쓰고 싶었던 주제다. 어떤 의미에서 머리가 좋은 사람이라도 파고들어 생각하면 이 능력이 뛰어난 사람이라고 할 수 있기 때문이다. (…) 본질이란 이렇게 '이해해두면 무엇이든 할 수 있는 단 하나의 포인트'를 말한다. 이것을 파악하는 힘이 강한 사람이 머리가 좋은 사람이다."(니시오카 잇세이, 《생각하는 기술과 지두력을 단숨에 터득하는 도쿄대 사고》)

"머리가 좋은 사람은 모든 일의 본질을 파악할 수 있는 사람을 말한다. 회의든 수업이든 도대체 지금 무엇이 문제인지, 무슨 논의를 하고 있는지 제대로 아는 것이 본질을 파악하는 것이다."(오가와 히토시, 《철학자의 뇌를 훔쳐라》, 글로세움, 2013)

본질을 파악하기 위한 사고방식이나 방법론을 알고 싶은 경우에는 여기에서 소개한 《철학자의 뇌를 훔쳐라》, 《생각하는 기술과 지두력을 단숨에 터득하는 도쿄대 사고》, 《지두력》을 참조하라.

PART 3

목표 달성을 위해 꾸준하게 공부하는 노하우 20가지

21~40위

21위

인풋을 하면 반드시 아웃풋하기

POINT 인풋보다 아웃풋에 시간을 할애한다.

공부에는 인풋과 아웃풋, 두 과정이 있다.

공부의 두 과정

- 인풋
  - 지식을 머릿속에 저장하는 일.
  - 수업, 설명을 듣는다/참고서나 교과서를 읽는다/인터넷으로 정보를 수집한다/암기한다 등
- 아웃풋
  - 저장한 지식을 실제로 사용하는 일.
  - 문제를 푼다/시험을 본다/다른 사람을 가르친다/발표한다 등

교과서나 책을 열심히 읽어도 기억이 잘 안 나거나 투자한 공부 시간에 비해 성과가 나지 않아 고민된다면 아웃풋하는 양이 부족할 가능성이 있다.

많이 떠올리고 아웃풋을 해야 기억력이 단련되어 내용을 쉽게 기억할 수 있다. 아웃풋을 하면 뇌가 '이 정보는 중요하다'고 판단해서 장기 기억으로 보존하기 때문이다(장기 기억에 대해서는 1위 참조).

아웃풋이 중요한 이유

- **기억에 잘 남는다.**
- **대충 외우고 넘어갈 수 없다.**
- **외운 지식의 활용 방법을 알 수 있다.**
- **인풋이 되지 않은 부분을 알 수 있다.**

"인간의 지적인 운영에는 인풋(입력)과 아웃풋(출력)이 존재한다. 이 두 가지는 자동차의 양쪽 바퀴와 같다. 어느 한쪽이 빠지거나, 극단적으로 많거나 적거나 균형이 나쁘면 좋은 결과를 얻기 어려워진다."(야마나카 에미코, 《순독》)

인풋과 아웃풋 모두 중요하지만 시미즈 아키히로, 고노 겐토, 하기와라 교지, 곤도 데쓰오 등 많은 저자가 인풋보다 아웃풋을 중시하며, 인풋보다 아웃풋에 시간을 투자하라고 조언한다. 비율로 나타내면 **인풋 20~30%, 아웃풋 70~80%**가 기준이다.

★★★

22위

아침과 밤을 구분해서 활용하기

POINT 밤에는 인풋, 아침에는 아웃풋을 중심으로 공부한다.

아침형인 사람은 아침에, 저녁형인 사람은 밤에 공부하는 것이 효율적이라고 생각할지도 모른다. 하지만 아침과 밤에 적합한 공부가 따로 있다.

아침과 밤에 각각 적합한 공부

- 아침에 적합한 공부
  - 수학, 이과, 문장 문제, 장문 독해, 논문 작성 등 사고력이나 상상력이 요구되는 공부. 전날 밤의 복습이나 아웃풋 등.
- 밤에 적합한 공부
  - 영어 단어, 한자, 역사 용어 등 암기 계열의 공부. 사고력이 덜 필요한 공부.

기억은 수면 중에 정리되어 보존되기 때문에 자기 전에 외운 내용은 머릿속에 쉽게 남는다고 알려져 있다. 따라서 암기 과목은 밤에 적합하다(수면과 기억의 관계는 8위 참조).

"자기 직전에 정보를 머릿속에 넣고, 아침에 일어나자마자 복습하면 그 정보가 기억으로 뇌에 자리를 잡는다. 뇌가 가진 이 구조를 이용해, 공부에 필수적인 암기는 잠들기 전에 하기로 스케줄을 짠다. 양치질 후에 암기하는 습관을 들이기 위해 머리맡에 카드를 놓는 것도 좋다."(《레버리지 러닝》)

아침과 밤 시간대를 잘 구분해서 공부하면 효율을 더 높일 수 있다.

시험 대비책으로 아침에 공부한다

공부법 책 100권 중에는 다음과 같은 의견도 있다.

"입학시험이나 자격증 시험이 다가오면 저녁형인 사람도 아침형으로 바꾸는 편이 낫다."

"시험 실전에 대비해 아침에 공부하는 습관을 들인다."

"저녁형인 사람은 밤뿐 아니라 아침에도 공부하는 습관을 들인다."

입학시험이나 자격증 시험은 아침(오전 중)에 시작하는 경우가 많기 때문이다.

아침부터 공부하는 데 익숙해지면 시험 당일에도 두뇌를 풀가동할 수 있다.

23위

기출문제 잘 활용하기

POINT 기출문제를 풀어 출제 경향을 파악한다.

"똑같은 문제는 나오지 않으니 기출문제를 풀 필요 없지 않을까?"라는 의문에 대해 공부법 책 100권의 저자 중 상당수가 기출문제는 중요하다고 이야기한다.

기출문제가 중요한 이유로 다음 네 가지를 꼽을 수 있다.

기출문제가 중요한 이유

▶ 출제 경향을 알 수 있다

같은 문제가 출제되지 않더라도 기출문제를 풀면 출제 형식, 출제 범위, 난이도를 파악할 수 있다. 출제자가 무엇을 요구하고, 수험자는 무엇을 대답할 필요가 있는지 확실히 파악하는 것이 중요하다.

▶▶ 자신이 부족한 부분을 알 수 있다

자신의 약점이나 현시점에서 실력을 파악할 수 있다. 어느 부분에 시간을 들여야 하는지, 어떤 과목의 공부를 늘려야 하는지 명확하게 보이기 때문에 공부 계획을 세우기 쉽다.

▶▶ 기억 정착에 효과가 있다

문제를 푼다는 아웃풋을 반복하면 입력한 지식을 쓸모 있는 지식으로 바꿀 수 있다.

▶▶ 시험 예행연습이 된다

실전 문제와 비슷한 경향의 문제를 풀면 제한 시간, 속도 배분, 시험에 대처하는 방법을 알 수 있다.

공부의 고수가 추천하는 기출문제 사용법을 소개한다.

기출문제 사용법

▶▶ 같은 기출문제를 반복해서 푼다

반복해서 푸는 이유는 문제에 대한 이해가 깊어지고, 지식과 풀이 방법을 터득할 수 있으며, 찍어서 답을 맞히는 일이 없어지는 등 장점이 많기 때문이다.

▶▶ 참고서보다 먼저 기출문제로 공부한다

기출문제를 먼저 풀면 '언제까지, 어떤 공부를 해야 할지' 판단이 서기 때문에 공부 계획을 세우기 쉽다.

▶▶ 처음에는 문제를 풀지 말고 답(해설)을 읽는다

"문제집을 펴고 문제 해설을 먼저 읽은 다음에 문제를 읽는다. (…) **문제의 지문을 읽으면 '아하, 이 문제는 이렇게 풀이되는구나'라는 느낌으로 이해할 수 있다."**(《대량으로 외워서 절대 잊지 않는 종이 한 장 공부법》)

▶▶ 기출문제는 최신 연도부터 푼다

최소 5년 치 기출문제를 구해 최신 연도부터 푼다. 그러면 최신 경향을 파악할 수 있다.

24위

함께 발전해나갈 친구 사귀기

POINT 자신과 비슷한 수준(또는 조금 높은 수준)의 친구를 사귄다.

친구, 그리고 함께 경쟁할 수 있는 좋은 라이벌을 만나는 것은 수험이나 자격증 시험을 위한 공부는 물론 평소 학습에도 매우 중요하다.

같은 시간에 같은 장소에서 함께 공부할 친구는 필요 없다는 의견도 있지만, 그래도 **정보 교환이나 동기 부여를 유지할 친구는 필요하다**는 데 100권의 공부법 책 저자가 일치된 의견을 보인다.

혼자 노력하기보다 비슷한 수준의 친구나 자신보다 조금 앞서 나가는 친구와 서로 가르쳐주는 관계를 구축하면 학습 속도가 빨라진다.

친구를 사귀면 좋은 점으로 다음 네 가지를 들 수 있다.

✓ 친구를 사귀면 좋은 점

▶▶ 동기 부여가 유지된다

같은 목표를 향해 공부하는 친구가 있으면 힘이 된다. 혼자서 묵묵히 공부하다 보면 마음이 우울해질 수도 있는데, 그럴 때 친구와 서로 격려하면 공부하면서 생기는 고독감이나 불안감이 누그러진다.

좋은 공부 친구는 좋은 라이벌이기도 하다. '같이 합격하고 싶다', '지고 싶지 않다'는 마음이 열심히 공부해야 한다는 동기 부여로 이어질 수 있다.

"의지가 강해 보이는 사람은 본인이 아닌 누군가가 그 의지를 뒷받침해주는 구조를 갖추고 있다. (…) **인간관계는 의지를 유지하기 위한 외부 발판이 될 수 있다. 함께 학습하는 사람이 있는 것이 가장 좋지만, 매일 만나는 누군가에게 자신이 실행하려는 계획을 매주 적어주기만 해도 효과가 있다."**(책 읽는 원숭이, 《혼자 공부하는 시간의 힘》)

▶▶ 정보의 입구가 넓어진다

친구가 있으면 공부 방법, 시험 경향, 추천 참고서, 최신 뉴스 등의 정보를 얻기 쉽다.

▶▶ 강제력이 작용한다

친구의 시선을 의식하면 공부를 게을리할 위험이 줄어든다.

▶▶ 서로 문제를 내면서 이해가 깊어지다

"서로 문제를 내고 이해도를 체크하기만 해도 학습 효과가 상당히 향상된다. 대답하는 쪽만이 아니라 문제를 내는 쪽도 마찬가지다. 이것은 친구에게 가르치면서 학습하는 것 중 가장 간단한 방법이다."《공부를 공부하라》)

25위

의문이 생기면 바로 조사하기

POINT 모르는 것을 그대로 방치하지 않는다.

모르는 것, 의문스러운 것, 흥미가 느껴지는 것은 바로 조사해야 한다. 나중에 알아보겠다고 미루면 대부분 잊고 만다.

머릿속에서 '모르겠다'는 반응이 아직 생생할 때 조사에 착수해야 기억에 잘 남는다. 또한 열심히 조사하는 경험, 다른 사람에게 배우는 체험은 에피소드 기억(경험을 토대로 하는 기억. 1위 참조)이 되어 기억에 쉽게 남는다.

저널리스트인 구쓰와다 다카후미는 **"나중에 알아보자고 했을 때의 '나중'은 영원히 오지 않는다"**라고 말한다.

그는 의문이 들면 즉시 조사할 수 있도록 사전을 항상 가까운 곳에 둔다. 사전을 두지 않는 곳은 화장실, 욕실, 세면장 세 곳뿐이라고 한다.

"뭔가 생각이 나거나 의문이 들었을 때 바로 펼칠 수 있도록 사전을 언제나 손이 닿는 곳에 둬야 한다. 게를 먹을 때도 손을 닦는 시간을 아껴가며 페이지를 펼친다. 그렇게 하지 않으면 떠오른 생각도 의문도 잊어버리기 때문이다."(《생각하는 힘을 기르는 책》)

조사할 때의 포인트로 다음 네 가지를 꼽을 수 있다.

조사 방법의 포인트

▶▶ 당장 조사할 수 없다면 노트나 메모지에 적어 잊지 않도록 한다(나중에 반드시 조사한다).

"나는 독서를 할 때뿐만 아니라 사람들과 대화하거나 텔레비전에서 모르는 단어가 나오면 나중에 반드시 사전에서 찾아본다. (…) 귀가 후에라도 확인하는 버릇을 들이면 무리하게 어휘를 늘리려 하지 않아도 자연스럽게 터득하기 마련이다."(히라노 게이치로, 《책을 읽는 방법》, 문학동네, 2008)

▶▶ 정보는 날마다 갱신된다. 정기적으로 업데이트해서 최신 정보를 입수한다.

▶▶ 웹사이트, 신문, 서적, SNS, 입소문, 사전 등 폭넓은 정보원을

보유한다(단, 정보 제공자의 신뢰성을 판별한다).

▶▶ 영어 사전은 의미 확인만 하지 말고 예문과 해설도 살펴본다.

"사전은 찾아보기만 하는 것이 아니라 읽는 것이기도 하다. 발음 기호나 악센트를 조사하고, 어원을 파악하고, 의미의 범위와 뉘앙스를 알고, 몇 개의 예문을 읽으면 그 단어의 사용법이나 사용되는 상황을 알게 된다."(시라토리 하루히코, 《독학》, 이룸북, 2015)

26위

소리 내어 읽어 기억력 향상하기

POINT 반복적으로 소리 내어 뇌에 자극을 준다.

공부의 고수들은 묵독(소리 내지 않고 읽는 것)보다 음독(소리 내어 읽는 것)이 학습 효과가 더 크다고 말한다.

"책을 소리 내어 읽으면 뇌에서 읽기, 말하기, 듣기라는 작업을 동시에 하므로 특히 전두엽 부분이 자극을 받는다. (…) 음독을 통해 전두엽을 자극하면 기억력, 집중력, 주의력 등이 단련된다."(《세계 최고 석학들이 추천하는 자녀교육 베스트 100》)

도신 하이스쿨 영어과 강사 야스코우치 데쓰야도 자신의 경험을 통해 음독의 효과를 인정한다. 영어뿐 아니라 다양한 교과목에 음독을 도입한 결과 단기간에 성적이 급상승했다고 한다.

음독할 때 주의사항으로 다음 일곱 가지를 꼽을 수 있다.

음독 시 주의사항

▶▶ 자리에 서서 소리 내어 읽고 난 뒤 앉아서 다시 한번 소리 내어 읽는 등 방식을 바꿔 뇌에 신선한 자극을 계속 준다.

▶▶ 읽는 횟수는 사람마다 다르지만, 여러 번 반복하는 것이 중요하다. 한두 번에 끝내면 효과를 기대할 수 없다(30번을 기준으로 삼는 책도 있다).

▶▶ 아침에 소리 내어 읽으면 '입력 → 정보 처리 → 출력'이라는 뇌 내 연계가 원활해져 뇌의 워밍업이 된다.

▶▶ 다른 사람에게 들려준다는 마음으로 읽으면 뇌가 활성화된다. 음독 효과도 높아진다.

▶▶ 읽는 속도를 빠르게 하면 두뇌 회전 속도가 올라간다.

"두뇌 트레이닝으로 유명한 가와시마 류타 선생에게 들은 바로는, 빠른 속도로 음독하는 것은 실제 뇌의 회전이 빨라지는 트레이닝 효과가 있다."(《내 아이의 머리가 좋아진다는 것》)

▶▶ 영문을 억양 없이 단조롭게 읽는 것은 의미가 없다. 영문의 구

조, 의미, 발음을 바르게 이해하고, 불명확한 점을 없앤 뒤에 소리 내어 읽는다.

▶▶ 아이에게 소리 내어 읽게 할 때는 중간에 막지 않는다. 아이가 저학년일 때는 잘못 읽거나 더듬거려도 끝까지 읽게 한다. 다 읽고 나면 칭찬해준다. 그런 다음 부모가 같은 곳을 소리 내어 읽어주면 아이는 자연스럽게 실수를 깨닫는다.

27위

기초를 철저히 공부하기

POINT 기초가 완성되어 있으면 응용 문제도 풀 수 있다.

"기초 실력이 탄탄하면 응용력이 생긴다."

"기초가 제대로 되어 있지 않으면 패턴이 있는 문제나 응용 문제에 대응할 수 없다."

"처음에 기초를 탄탄히 다져놓으면 이후 학습 속도가 빨라진다."

이런 식으로 공부법 책 100권의 저자 대부분이 기초의 중요성을 말한다.

교육 활동가 사토 료코는 기초로 돌아가는 것의 중요성을 다음과 같이 말한다.

"대학 입시 문제를 잘 풀지 못하는 사람 중에는 중학교의 기초 공

부를 소홀히 한 사람이 의외로 많다. (…) **무엇을 모르는지 모를 때는 한 번쯤 앞으로 진행하는 것을 포기하고 중학교 1학년 1학기부터 다시 해보자.**"(《합격 신 엄마의 영재 교육법》)

쓰보타 학원의 원장 쓰보타 노부타카도 **"목표를 너무 높게 설정하면 일단 어려운 일을 하려다가 실패한다. 자신도 무시할 정도로 평이한 내용의 얇은 문제집부터 시작해야 한다"**라고 설명한다(《학년 꼴찌 불량소녀가 1년 만에 편차치 40을 올려 게이오 대학에 현역 합격한 이야기(学年ビリのギャルが1年で偏差値を40上げて慶應大学に現役合格した話)》).

기초가 중요한 것은 다음과 같은 이유에서다.

기초가 중요한 이유

- 시험의 50~60%는 기초 문제로 출제된다
  → **기초를 놓치면 합격이 멀어진다**(기초가 완벽하면 합격 가능성이 높아진다).

- 응용 문제는 기초 지식의 조합으로 이루어진다
  → **기초가 완성되어 있으면 응용 문제도 풀 수 있다.**

그렇다면 기초를 철저히 한다는 것은 무엇인가?

- **교과서(입문서)의 내용을 빠짐없이 습득하는 것.**
- **학교 수업에서 배우는 기본적인 지식, 이론, 개념을 이해하는 것.**

퀴즈 플레이어로도 알려진 이자와 다쿠시는 기초를 다음과 같이 정의한다.

"기초란 교과서에 나와 있는 것이다. 수학은 예제로 나와 있는 사항까지, 역사는 갖가지 단어와 그 사이의 의미 부여와 연결, 영어는 표면적인 단어와 문법 사항 등이다."《공부대전(勉強大全)》

교과서를 완벽하게 이해하는 것이 수험 공부에 대처하는 지름길이다.

28위

다른 사람 신경 쓰지 말고 자신에게 집중하기

POINT 주변 사람과 비교하지 말고 과거의 자신과 비교한다.

다른 사람의 평가나 타인의 점수에 지나치게 신경 쓰지 않는다. 공부에 방해가 될 수 있기 때문이다. '다른 사람을 신경 쓰지 않는다'에는 **'다른 사람의 성적에 신경 쓰지 않는다'**, **'다른 사람에게 부정당해도 신경 쓰지 않는다'**라는 두 가지 의미가 포함되어 있다.

▶▶ 다른 사람의 성적에 신경 쓰지 않는다

다른 사람과 비교하면 '나는 공부에서 뒤처졌다', '나는 저 사람보다 한 수 아래다'라는 생각이 들어 의욕을 잃거나 열등감, 질투심을 느낄 수 있다.

비교 대상은 수평이 아닌 수직, 주변이 아닌 나 자신이어야 한다.

주변과의 비교를 **수평 비교**, 과거 자신과의 비교를 **수직 비교**라고 한다. 과거의 자신과 비교해 조금이라도 발전했다면 뇌는 기쁨을 느낀다.

한국에서 45만 부 팔리며 베스트셀러가 된《이토록 공부가 재미있어지는 순간》(박성혁, 다산북스, 2020)에도 '나와의 경쟁=나를 성장시키는 방법'이라고 나와 있다.

"어제의 나를 강력한 경쟁자로 의식하고 모든 면에서 어제의 나를 뛰어넘을 생각으로 경쟁한다. (…) **오늘의 나는 어제의 나를 이기면 된다. 그리고 내일은 또 오늘의 나를 이기면 된다. 그러면 당신은 과거의 자신보다 조금씩 성장해 머지않아 크게 성장할 것이다."**

메이지 대학의 사이토 다카시 교수도 **"머리가 좋고 나쁨을 다른 사람과 비교하는 것은 의미 없다"**라고 말한다.

"아무리 부러워해도 다른 사람의 두뇌와 내 두뇌를 바꿀 수는 없다. 나는 내 뇌와 함께 계속 살아가야 한다. 그러니 다른 사람을 부러워할 틈이 있으면 자신의 두뇌 상태를 조금이라도 개선하자."《내 아이의 머리가 좋아진다는 것》)

▶▶ 다른 사람에게 부정당해도 신경 쓰지 않는다

"지금부터 공부해봤자 늦었어", "절대 불가능해. 합격할 리가 없어"라는 비판을 받는다고 해도 신경 쓰지 않는다. 다른 사람의 생각이나 시선보다 **중요한 것은 내가 어떻게 되고 싶은지 생각하는 것**이다.

자기 목표를 향해 자신이 할 수 있는 일을 하나씩 쌓아가는 것이 중요하다. 마르쿠스 아우렐리우스의 《명상록》에는 다음과 같이 나와 있다.

"이웃이 무엇을 말하고, 무엇을 하고, 무엇을 생각하는지 들여다보지 말고, 자신이 하는 일에만 주목하고, 그것이 옳고, 경건하다고 생각하는 자는 얼마나 많은 여가를 얻을 것인가. (…) 목표를 향해 똑바로 달리고, 곁눈질하지 마라."

29위

꾸준히 조금씩 쌓아 올리기

POINT 주말에 몰아서 하지 말고 매일 조금씩 한다.

중요한 것은 매일 쌓아가는 것이다. **지금 할 수 있는 일을 한 걸음씩 쌓아가다 보면 미래가 조금씩 바뀌기 시작한다.**

급하게 뛰어서 목표에 도달할 수는 없으며, 꾸준히 노력을 쌓아야 한다. 시간이 걸려도 포기하지 않는다. 꾸준함이 힘이다.

"하루의 작은 한 걸음이라도 100일간 지속하면 어느 정도 거리까지 도달할 수 있고, 요령을 알면 보폭도 넓어져 더욱 거리를 벌게 된다."(《무적의 독학술》)

공부를 꾸준히 하기 위한 요령으로 크게 세 가지를 들 수 있다.

✓ 공부를 꾸준히 하기 위한 팁

▶▶ 주말 집중형 공부를 하지 않는다

의사 이노마타 다케노리는 집중력 지속이라는 측면에서 매일 지속하는 것의 중요성을 설명한다.

"나는 주말 집중형 공부를 별로 하지 않는다. 효율적이지 않기 때문이다. (…) 근력운동도 주말만이 아니라 매일 하는 편이 낫듯이 공부도 주말에만 하는 것이 아니라 매일 조금씩 하기를 권한다."(《하버드 최강 공부법》)

▶▶ 짧은 시간이라도 상관없다

공부법 책 100권 중에는 "하루 30초라도 좋다"라고 말하는 책도 있다. "30초라면 문턱이 낮아서 누구라도 매일 계속할 수 있다", "실제로는 30초 만에 끝날 리가 없다"라는 이유에서다.

저널리스트 구쓰와다 다카후미는 속독으로 가는 지름길은 조금씩이라도 좋으니 책을 많이 읽는 것이라고 지적한다.

"매일 많은 페이지를 읽어야 한다는 것만을 의미하지 않는다. 매일 두세 쪽이라도 활자를 읽는 습관을 들인다. 그것만으로도 도움이 된다. 책뿐만 아니라 신문을 매일 챙겨 읽는 것도 좋다."(《생각하는 힘을 기르는 책》)

▶▶ 간단한 문제라도 상관없다

처음부터 어려운 일에 도전하면 '할 수 없다', '모르겠다'라는 상태가 지속되므로 쉽게 좌절하고 만다. 공부 습관을 기르려면 할 수 있는 일(난이도가 낮은 것), 이해할 수 있는 일, 관심 있는 일부터 시작한다. '풀었다', '해냈다', '이해했다'라는 경험을 쌓으면 공부가 훨씬 즐거워진다.

30위

성적에 도움이 되는 식사로 바꾸기

POINT 카페인은 기억력을 높이는 작용을 한다.

공부법 책 100권 중에는 음식, 음료, 영양소와 공부(기억)의 관계를 다룬 책도 있다. 식사 방법을 바꾸면 인지 기능이 바뀐다는 연구 결과도 많다고 한다.

공부의 고수들이 실천하는 식사법의 일부를 소개한다.

고수들의 식사법

● 탄수화물을 지나치게 섭취하지 않는다

탄수화물(쌀, 빵, 국수, 라면 등) 섭취량이 많으면 졸음이 온다.

● 커피를 마신다

커피뿐 아니라 녹차와 홍차 등 카페인이 들어 있는 음료를 마시면 피로감이 줄어들거나 집중력이 높아진다.

카페인 섭취 시 주의사항 2가지

① 기상 후 90분 이상 지난 뒤에 마신다

잠자리에서 일어나자마자 카페인을 섭취하면 뇌로 가는 자극이 너무 강해진다.

② 지나치게 마시지 않는다

"한 번에 캔커피 2개 이상 마시는 것은 권장하지 않는다", "지나치게 마시면 내성이 생겨 효과가 없다"라고 주의를 촉구하는 책도 있다.

● 지중해식으로 집중력을 높인다

지중해식은 이탈리아, 그리스, 스페인 등 지중해 연안의 전통 음식 문화를 말한다. 주로 과일, 채소, 통밀, 콩류, 감자, 견과류, 올리브오일, 생선을 풍부하게 섭취한다. 지중해식을 철저히 할수록 뇌 기능이 향상된다는 연구 결과가 있다.

● 술을 너무 많이 마시지 않는다

알코올을 지나치게 섭취하면 뇌의 신경세포에 손상을 준다.

● 오메가3 지방산, 비타민B1 섭취

오메가3 지방산(DHA, EPA, ALA 등)은 뇌 인지 기능에 효과가 있어 기억력이 개선된다는 보고 사례도 있다. DHA, EPA는 등푸른 생선에, ALA는 아마인유, 대두유, 호두 등에 함유되어 있다.

문제를 풀어 기억에 남게 하는 기억 어플 모노구사(Monoxer)를 개발한 구로야나기 게이스케는 비타민B1의 중요성을 강조한다.

"비타민B1이 결핍되면 해마의 기능에 이상이 생겨 기억력이 떨어진다고 알려져 있다. (…) **비타민B1은 돼지고기, 참깨, 대두, 팥 외에 현미 등에도 포함되어 있다. 부족하지 않도록 의식적으로 섭취해야 한다."**《기억은 스킬(記憶はスキル)》

31위

아낌없이 투자하기

POINT 돈을 들여 강제성을 만든다.

공부를 하려면 어느 정도 교육비(돈)가 필요하다.

참고서, 문제집, 교양을 갖추기 위한 책의 구매 비용, 세미나 참가비, 학원비도 들어간다.

공부법 전문가들은 이런 비용을 자기 투자라고 생각해 아끼지 말라고 한다.

의사 이노마타 다케노리는 **"교육은 가장 효율적인 투자다. 공부에 투자한 돈은 나중에 몇 배가 되어 돌아온다. 공부에 돈을 아끼지 말고 미래의 자신에 대한 투자라고 생각하자"**라고 말한다(《하버드 최강 공부법》).

공부에 투자하면 좋은 점으로 다음 세 가지를 꼽을 수 있다.

공부에 투자하면 좋은 점

(1) 돈을 들이면 강제성이 생긴다.

(2) 동기 부여가 생긴다.

(3) 한 번 습득한 지식과 교양은 평생 내 것이 된다.

《뇌구 의욕의 비밀(のうだま やる気の秘密)》(가미오오카 도메·이케가야 유지)에는 "자기 돈을 들이면 공부에 진정성이 생긴다"라고 나와 있다.

"무료나 값이 싼 것은 쉽게 시작할 수 있는 만큼 포기하기도 쉽다. 내가 수십 년 전에 했던 라디오 영어 회화가 좋은 예시다. 교재도 별로 비싸지 않아서 아깝다는 생각이 들지 않아 중도에 포기했다."

책을 많이 구매하면 좋은 책을 만날 수 있다는 의견도 있다.

저널리스트 이케가미 아키라와 작가 사토 마사루는 다음과 같이 말한다.

"이케가미: (…) 좋은 책을 만나기 위한 팁은 하나, 책을 많이 사는 거예요. 그래서 나는 망설여지면 구매하는 것을 원칙으로 합니다.

사토: 저도 살까 말까 망설여지면 일단 구매해요. 물론 별로인 책도 있지만, 저렴한 가격에 값진 정보를 얻을 수 있으니까요."《우리가 매일 하는 최강의 독서법》)

공부에 대한 투자는 아끼지 않는 것이 중요하다.

그렇다고 무작정 돈을 쓰라는 말이 아니다.

예를 들어, 학원, 학교, 비즈니스 스쿨을 결정할 때는 어느 정도 비용이 들기 때문에 시간을 갖고 선배나 경험자의 의견을 참고해서 신중하게 선택해야 한다.

참고서도 아무거나 골라서는 안 된다. 공부의 주축이 되기 때문에 차분히 신중하게 고르자(참고서 선택법은 11위, 18위 참조).

32위

시험 볼 때는 풀 수 있는 문제부터 풀기

POINT 시험에서는 재검토할 시간을 반드시 확보한다.

시험에서는 난이도를 의식하면서 문제를 봐야 한다. 문제지가 배부되면 모든 문제를 살펴보고 쉬운 문제, 풀 수 있는 문제부터 풀어나간다. 어려운 문제는 스스로 제한 시간을 두고 그 시간 안에 풀지 못하면 포기한다.

처음부터 순서대로 풀다 보면 어려운 문제에 시간을 많이 빼앗겨 마지막 문제까지 도달하지 못할 위험이 있다.

또한 반드시 재검토 시간을 확보한다.

일본의 개그 콤비 오리엔탈 라디오의 나카타 아쓰히코는《대합격》에서 5문제 중 마지막 문제를 풀지 못하고 재검토 시간(10분)이 왔을 때 어떻게 할 것이냐는 질문에 다음과 같이 대답한다.

"나는 분명히 마지막 문제를 포기하고 4문제까지 재검토할 것이

다. (…) 굳이 만점을 받을 필요는 없으니 풀 수 없는 문제는 버린다. 재검토하지 않아서 풀 수 있는 문제를 놓치는 것이 오히려 더 위험하다.”

풀 수 있는 문제는 확실히 풀고 재검토해서 무조건 점수를 얻어야 한다.

그렇다면 효율적으로 재검토하기 위해서는 어떻게 해야 할까? 교육 유튜버 하 이치는 문제를 풀면서 다음과 같이 표시했다고 한다.

- △: **답을 쓰긴 했지만 맞았는지 확신이 없는 문제**
- ×: **상당히 어려워 끝까지 풀어도 안 될 것 같은 문제**

(《집공부 강화서》)

표시하면서 풀 수 있는 문제를 점점 풀어나가고, 재검토할 시간을 많이 확보해 부주의로 실수하는 일이 없도록 한다.

재검토 시간에 대해서는 5~10분, 가능한 한 많이, 10% 정도로 다양하다. 여러 번 시험을 보면서 자기 나름대로 필요한 재검토 시간을 산출해두면 좋을 것이다.

시험 볼 때 순서를 정리하면 다음과 같다.

시험 볼 때 순서

① 시간 배분을 고려해서 재검토 시간을 둔다.

↓

② 모든 문제를 훑어본다.

↓

③ 난이도를 판단한다.

↓

④ 풀 수 있는 문제부터 풀어나간다.

↓

⑤ 풀 수 없는 문제는 포기한다.

↓

⑥ 재검토한다.

33위

멀티태스킹을 하지 않기

POINT 우선순위를 매기고, 불필요한 일은 하지 않는다.

공부할 때는 눈앞의 한 가지 일에 집중하고, 멀티태스킹하지 않도록 한다. 멀티태스킹이란 동시에 여러 가지를 작업하거나 처리하는 것을 말한다.

그런데 왜 공부할 때 멀티태스킹을 하면 안 될까? 뇌과학 지식에 따르면 **인간의 뇌는 한 가지 일만 처리할 수 있다**.

여러 작업을 동시에 진행하려고 하면 집중력이 떨어진다.

자동차 운전 중에 스마트폰 사용을 금지하는 것도 핸드폰에 정신이 팔려 있으면 전방의 안전을 확인하는 데 소홀해지기 때문이다.

공부법 전문가들에 따르면 눈앞의 한 가지 일에 집중하거나 어

| 뇌는 한 가지 일만 처리할 수 있다 |

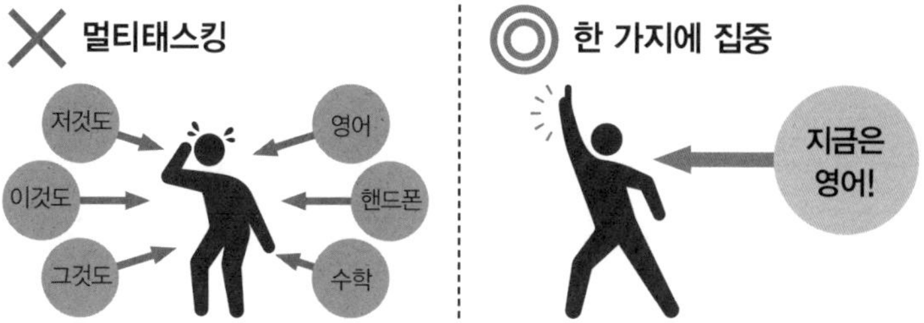

떤 한 과목을 집중해서 공부하면 다음과 같은 장점이 있다.

▶▶ 의욕이 생긴다

한 가지를 철저히 공부하면 관심사가 넓어지고, 좋은 점수를 받으면 자신감으로 이어져 의욕이 생긴다.

도신 하이스쿨 영어과 강사 야스코우치 데쓰야는 **"공부할 마음이 생기지 않을 때 '저것도 해야 하는데, 이것도 해야 하는데'라고 생각하면 의욕이 점점 사그라진다. 그럴 때는 한 가지에 집중해서 공부해보자. 그것이 그 외 다른 대상에 의욕을 회복하는 계기가 되어준다"**라고 말한다(《유능한 사람의 공부법》).

▶▶ 효율적으로 작업할 수 있다

한 가지 과제에 집중하지 않으면 과제를 완료하는 데 시간이 더 걸린다. 집중해서 해야 훨씬 효율적으로 진행된다.

눈앞에 할 일이 여러 가지 있을 때는 우선순위를 매기고 우선순위가 높은 것부터 순서대로 처리한다. 그런데 주의력이 산만해지기 쉬운 사람은 어떻게 해야 할까?

실업가 니시무라 히로유키는 **"무언가 하는 동안 그 외 것이 의식적으로 눈에 들어오지 않도록 작업하는 방을 무미건조한 분위기"**로 만들어 집중력을 높인다고 한다(《무적의 독학술》).

34위

미루지 말고 지금 하기

POINT 조금이라도 좋으니 일단 시작한다.

공부를 시작하기까지 시간이 많이 걸리거나 쉽게 시동이 걸리지 않을 수 있다. 왠지 의욕이 나지 않는 날에는 더욱 그렇다. 하지만 시간은 유한하다. 따라서 어느 때든 바로 공부에 착수하는 것이 중요하다.

공부에 바로 착수하기 위한 포인트로 세 가지를 들 수 있다.

공부에 바로 착수하기 위한 포인트

▶▶ 공부에 착수하기 전까지 순서를 짧게 한다

책상 주위를 정리하거나 문구류를 갖추는 등 공부에 들어가기 전 순서를 가능한 한 짧게 한다. 공부하겠다고 정한 시간에 바로 공부를 시작한다.

"생각났을 때 공부에 순간적으로 몰입해야 한다. 그리고 일단 공부를 시작하면 순간적으로 집중한다. 이것이 바쁜 현대사회에 사는 우리에게 효과적인 순간 집중 공부법이다."(《뇌가 기뻐하는 공부법》)

▶▶ 조금이라도 좋으니 시작한다

"의욕이 없어도 일단 작업을 시작하면 뇌의 측좌핵이라는 부분이 흥분해서 의욕이 솟는다."(《레버리지 러닝》)

이것을 작업 흥분이라고 한다. 학원이나 코칭 세계에도 도입되고 있다.

공부를 시작할 때의 장벽을 낮추고, '2분만 해보자', '5분만 해보자', '조금만 해보자'라며 일단 돌입하는 것이 포인트다.

《혼자 공부하는 시간의 힘》(책 읽는 원숭이)에서는 '2분 스타터' 방법을 소개한다.

2분 스타터

① 타이머를 2분에 맞춘다.

② 타이머 버튼을 누르고 즉시 작업을 개시한다.

③ 타이머가 울리면 곧바로 작업을 중지한다. 제한 시간 없이 같은 작업을 계속할지, 2분간 다른 작업에 들어갈지, 아니면 휴식할지 2초 안에 결정한다.

▶▶ 간단한 공부부터 시작한다

갑자기 어려운 문제를 푸는 것이 아니라 쉽게 할 수 있는 문제부터 시작하는 것도 방법이다. 예를 들어, 단어 카드를 이용한 영어 단어 암기 등 공부에 들어가는 문턱을 낮추는 것이 좋다.

★★★

35위

많은 학습량 소화하기

POINT 학습량을 늘린다.

공부법 책 중에는 "문제를 많이 푼다", "다른 사람보다 몇 시간 더 연습한다", "압도적으로 많은 노력을 거듭한다", "공부에서 성과를 내지 못하는 원인은 공부의 양이 부족하기 때문이다"라는 식으로 표현의 차이는 있지만, 학습량의 중요성을 언급하는 책이 다수 있다.

세계적으로 주목받는 심리학자 앤절라 더크워스 교수는 영어 단어 철자의 정확성을 겨루는 한 대회에서 점점 더 승승장구한 아이들을 조사 분석해 그 공통점을 다음과 같이 밝혔다.

"그들은 도대체 어떻게 성과를 냈을까? 다른 사람보다 몇 시간 더 연습하고, 많은 스펠링 콘테스트에 나가 경험을 쌓은 것이다."(《그릿

(Grit)》, 비즈니스북스, 2022)

많은 학습량을 소화하면 얻는 효과로 세 가지를 들 수 있다.

많은 학습량을 소화하면 얻는 효과

(1) 자신에게 도움이 되는 것과 도움이 되지 않는 것을 알 수 있다.

(2) 집중력이 지속된다.

(3) 성과가 쉽게 나온다.

그렇다면 학습량을 어느 정도 소화해야 할까?

세계적 수준의 기술에 도달하기 위해서는 연습 시간이 1만 시간 필요하다고 한다. 이것을 '1만 시간의 법칙'이라고 한다. **일류가 되려면 1만 시간의 노력이 필요하다는 법칙**이다. 저널리스트 말콤 글래드웰이 제창한 것이다.

그 외 공부법 책에서는 양에 대해 "압도적으로 많이", "어쨌든 바쁘게 한다", "많이", "압도적인 양"이라는 표현이 많다. 1위에서 설명했듯이 기억에 잘 남아 언제든 떠올릴 수 있는 상태가 될 때까지 공부하는 것이 이상적이다.

다수의 학원, 자격증 정보 등의 웹사이트를 정밀 조사한 결과 합격하기까지 걸리는 공부 시간의 기준은 다음과 같다.

- **고등학교 입학까지(중학교 3년간 공부 시간): 평일 4시간, 휴일 7시간**
- **대학 합격까지: 하루 7시간**
- **사법시험 합격까지: 합계 3,000~1만 시간**

다만, 중요한 것은 정해진 시간이나 양이 아니라 자기 나름대로 정해놓은 양을 꾸준히 소화하는 자세다.

36위

공부 내용을 자주 바꾸기

POINT 싫증이 나면 다른 공부를 하는 것이 효율적이다.

공부법 전문가들은 하루 종일 같은 과목이나 분야를 공부하기보다 시간을 나누어 여러 분야의 공부를 하는 것이 효율적이라고 입을 모은다. **한 가지 일만 계속하면 뇌가 싫증을 느껴 집중력이 떨어지고, 생산성이 떨어지기** 때문이다.

초등학교, 중학교, 고등학교, 대학교에서도 하루 종일 같은 과목을 배우지 않고, 시간을 나누어 여러 과목을 공부한다. 여러 분야를 섞어서 공부하는 것은 집중력을 높이도록 고안된 방법 중 하나다.

그렇다면 여러 분야를 어떻게 조합해야 할까?

하루 중 여러 분야를 공부하는 것이 좋다는 데는 전문가들의 의견이 일치한다. 그러나 방법은 다양하다.

여기서는 세 가지를 소개한다.

✓ 여러 분야를 조합하는 방법

▶ 피곤해지면 과목을 바꾼다

피곤하거나 의욕이 떨어지기 시작하면 과목을 바꾼다.

"이때 이과 과목(수학, 과학)과 문과 과목(국어, 사회, 영어)을 번갈아가며 공부하면 좋다. 문제 분위기를 확 바꾸면 뇌에도 기분전환이 되기 때문이다."(《부모와 자식이 함께하기 때문에 가능한 중학생의 공부 대전》)

외우는 암기 과목과 생각해야 하는 사고 과목으로 나누어 번갈아 반복하는 것을 권장하는 공부법 전문가도 있다.

▶ 여러 분야를 한 시간씩 섞어서 학습한다

피로도나 의욕에 맞추는 것이 아니라 미리 시간을 정해 계획적으로 여러 분야를 공부한다.

"예를 들어 사회 과목 암기를 1시간 하고 난 다음에는 수학을 1시간 공부하거나 민법 교재를 1시간 읽고 나면 형법 문제를 1시간 공부하는 식으로 성질이 다른 분야와 과목을 가능한 범위에서 섞어 공부한다."(《공부를 공부하라》)

▶▶ 여러 기술을 조합해서 배운다

멘탈리스트 다이고는《시간 낭비를 확 줄여주는 초효율 공부법》에서 '인터리빙'이라는 학습법을 소개한다. **한 번의 연습 시간 동안 여러 기술을 번갈아 연습하는 방법**이다. 영어 공부를 한다면 '쓰기 → 문법 → 듣기'처럼 조합해서 학습한다.

이 방법의 핵심은 **세 가지 분야로 좁히기, 시간을 균등하게 배분하기, 한 세션(1회 학습 시간)마다 휴식 넣기**다. 예를 들어, '쓰기 30분 → 문법 30분 → 듣기 30분 → 휴식'과 같이 진행하면 지식을 습득하기가 쉬워진다.

37위

자기 수준을 정확히 파악하기

POINT 공부를 따라가지 못하면 이해할 수 있는 지점까지 돌아간다.

모두가 좋다는 공부법이 모두에게 잘 맞는 것은 아니다. 사람마다 학력이나 지식 수준이 다르기 때문이다. **공부할 때나 참고서를 고를 때는 자기 수준에 맞추도록** 한다.

그런데 자기 수준보다 너무 높은 참고서를 선택하면 어떻게 될까?

대학 수험 컨설턴트인 마쓰바라 가즈키는 《90% 합격하는 공부법》에서 **"자기 학력보다 참고서의 수준이 높으면 읽어도 모르는 내용만 가득하게 된다. 그러면 자기 머리가 나쁘다고 비관해서 울적해지거나 소극적이 되어 의욕을 잃게 된다"**라고 말한다.

공부를 자기 수준에 맞출 때는 다음 포인트를 고려한다.

✓ 공부를 자기 수준에 맞출 때의 포인트

▶▶ 자기 수준이 높을 때는 점점 앞으로 진행한다

좋아하는 과목은 순조롭게 이해할 수 있다. 그럴 경우에는 주변의 수준에 맞출 필요 없다. 수준을 낮추지 말고 앞으로 진행한다. 주변 사람보다 앞서 있으면 의욕도 높아진다.

▶▶ 따라갈 수 없으면 과감히 돌아간다

유튜버이자 방송인인 고노 겐토는 **"공부에서 뒤처질 때는 자신이 뒤처진 부분까지 확실히 돌아가는 것이 중요하다"**라고 이야기한다(《심플한 공부법이 이긴다》).

공부는 애초에 그전까지 내용을 이해하고 있다는 것이 전제되기 때문에 무리하게 앞으로 나아가지 않는 것이 중요하다.

자기 수준에 맞추는 것은 책을 고르는 방식에서도 마찬가지다. 저널리스트 다치바나 다카시는 《지의 정원》에서 **"자기 수준에 맞지 않는 것을 무리해서 읽지 마라. 수준이 너무 낮은 것도, 수준이 너무 높은 것도 읽는 만큼 시간 낭비다. 시간을 돈이라고 생각해, 비싼 책이라도 수준에 맞지 않으면 그대로 끝내라"**라고 말한다.

공부법이든 책이든 이해할 수 없는 것을 선택하면 시간 낭비가 될 뿐이다. 기출문제나 문제집 등으로 자기 수준을 판별한 다음 수준에 맞는 공부를 하는 것이 중요하다.

38위

부족한 과목에서 기회 찾기

POINT 무엇을 모르는지 자신을 들여다본다.

우리는 싫어하는 과목의 공부를 멀리하고, 잘하는 과목으로 점수를 받으려고 하거나 좋아하는 과목만 공부하려는 경향이 있다.

하지만 공부의 고수들은 "부족한 것을 공부해야 한다", "부족한 과목에 더 몰두해야 한다"고 입을 모은다.

부족한 것을 공부하면 얻을 수 있는 장점으로 다음과 같은 것이 있다.

부족한 것을 공부하면 얻을 수 있는 장점

(1) 부족한 부분을 극복하면 전체적으로 능력이 붙는다.

(2) 부족한 과목일수록 성장 잠재력이 있다.

잘하는 과목에서 90점을 받았다면 열심히 공부해도 10점밖에 올리지 못한다.

하지만 평소 30점밖에 못 받는 과목에서는 최대 70점까지 올릴 수 있다. 게다가 이런 과목은 기초적인 공부만 제대로 해도 단기간에 점수를 올릴 수 있다.

부족한 부분을 극복할 때는 다음 포인트를 생각한다.

부족한 부분을 극복할 때의 포인트

(1) 무엇이 발목을 잡고 있는지 생각한다.

(2) 급하게 극복하지 않아도 된다.

(3) 무엇을 모르는지 자신을 들여다본다.

메이지 대학의 사이토 다카시 교수는《내 아이의 머리가 좋아진다는 것》에서 문과 계열의 사립 대학을 지망하기 때문에 수학이나 이과 계열 과목이 부족해도 **자신과 관계없다**고 단정하지 않는 편이 좋다고 말한다. **객관적이고 냉정한 시각은 사실 수학적·이과적 사고방식이 뒷받침**하기 때문이다.

부족한 부분이나 약점을 극복하려면 기죽지 않는 자세도 중요하다.

법학자 야마구치 마유는 변호사로 일하기 시작할 때 실수의 연속이었다고 한다. 문장을 쓰는 것이 서툴러 항상 선배의 빨간 펜 세례를 받았다며,《7번 읽기 공부법》에서 다음과 같이 말한다.

"이만큼 고칠 부분이 많다는 것은 그만큼 성장 가능성이 있는 것이라는 생각이 들자 여러모로 편안해졌다. 못해서 안 되는 것이 아니라 못한 채로 있어서 안 되는 것이다."

다만 아무리 노력해도 잘 되지 않는 경우에는 자신을 억지로 몰아넣어 극복하지 않아도 된다.

공부가 싫어지면 모든 것을 잃는 셈이다.

39위

루틴이나 의식을 정해 집중력 높이기

POINT 공부하기 전에 집중력이 높아지는 행동을 한다.

공부나 일을 시작하기 전에 하는 루틴이나 의식을 정해두면 집중력이 올라간다.

뇌과학자 나카노 노부코는 **"의식을 하면 뇌가 공부 준비를 시작하기 때문에 자연스럽게 효율이 올라간다"**라고 말한다(《세상의 똑똑한 사람들이 하고 있는 일을 한 권으로 정리했다》).

테니스 선수가 서브를 넣기 전에 공을 일정 횟수 땅에 튕기는 것이나 기상 시간, 식사 시간, 식사 장소, 메뉴 등 아침을 보내는 방법을 결정하는 행동도 루틴의 일종이다. 이러한 루틴과 의식에는 다음과 같은 장점이 있다.

✓ 루틴이나 의식의 장점

- 집중력을 높인다.
- 공부를 습관화하기 쉽다.
- 공부를 시작한다는 신호가 된다.
- 뇌의 능률을 올린다.

공부하기 전의 루틴이나 의식을 미리 정해두는 것이 중요하다. 결정할 때의 포인트로 다음과 같은 것을 꼽을 수 있다.

✓ 루틴 결정할 때의 포인트

▶▶ 동작을 하면 중요한 작업에 착수한다고 정해둔다

과학 전문 작가 스즈키 유는 **"① 이 동작을 하면 중요한 작업에 착수한다고 정해둔다 ② 결정한 순서를 몇 번 반복한다"**라며, **"이 포인트를 충족하는 한, 어떤 내용이라도 효과를 기대할 수 있다"**라고 루틴 정할 때의 포인트를 설명한다(《야수의 집중력》, 웰컴퍼니, 2021).

▶▶ 식사와 복장은 루틴으로 만들기 쉽다

사람은 생활 속에서 많은 의사결정을 한다. 그중 몇 가지를 루틴으로 만들면 의지력이 낭비되는 것을 막을 수 있기 때문에 그만큼 뇌의 능률이 올라간다.

미국의 사업가 데이브 아스프리는 **식사와 복장을 자동화하기 쉬운 항목**으로 꼽는다.

상의, 하의, 재킷, 신발을 각각 3~4개로 좁혀 복장을 간소화하고, **식사는 가족 모두가 좋아하는 5~6가지 메뉴의 레시피를 찾아서 주기적으로 반복한다**고 구체적으로 제안한다(《최강의 인생》).

40위

적당한 스트레스로 능률 높이기

POINT 자신에게 작은 인내심을 부과한다.

공부하다 보면 장벽에 부딪히거나 모의고사에서 원하는 결과가 나오지 않아 스트레스를 받는 경우가 적지 않다.

스트레스를 방치하면 심신에 영향을 미치기도 하기 때문에 '스트레스는 나쁜 것'이라고 파악하기 쉽다.

하지만 공부법 책에 따르면 **스트레스를 반드시 나쁜 것이라고 볼 수만은 없다. 적당한 스트레스는 공부의 능률이나 집중력을 높이는 효과가 있다.**

뇌과학자 나카노 노부코는《세상의 똑똑한 사람들이 하고 있는 일을 한 권으로 정리했다》에서 여키스-도슨 법칙(Yerkes-Dodson's law)이라는 심리학의 기본 법칙을 소개한다.

이 법칙에 따르면 **극단적으로 스트레스가 너무 없거나 반대로 엄청난 압박이 있어 스트레스에 시달리는 경우에는 기억과 지각 능률이 저하되며, 적당한 스트레스는 학습 능률을 최고 수준으로 높여준다**.

"○월 ×일까지 이 리포트를 완성시킨다"라고 미리 마감일을 정하면 집중력이 올라가는 경험을 겪은 사람이 적지 않을 것이다. 적당한 스트레스는 능률을 높여준다.

과학 전문 작가 스즈키 유는 《야수의 집중력》에서 작은 불쾌감(몸과 마음에 가벼운 부하를 주는 일)이 집중력 향상에 효과 있다고 말한다.

작은 불쾌감의 구체적인 예로는 다음과 같은 것이 있다.

"좋아하는 술을 조금만 참는다."

"주로 사용하는 손이 아닌 반대쪽 손으로 마우스를 조작한다."

불쾌감의 난이도는 **성공률 80~90% 정도를 목표로 하는 것이 가장 좋다**.

도쿄 대학 의학부 출신의 오노다 히로카즈도 **"공부를 위해 하찮은 것(참아봤자 아무렇지 않은 사소한 일)은 참는다"**라고 말한다(《13세부터 머리가 좋아지는 요령 대전》).

공부를 그만두고 싶으면 5분만 더 해본다.

오늘 분량을 마칠 때까지는 간식을 참는다.

중요한 내용을 포스트잇에 적어 방문에 붙여놓고 다 외우면 문을 연다.

이처럼 자신에게 조금씩 부하를 걸면 집중력이 단련된다.

Column

독서 전문가에게 배우는 독서의 장점과 독서법

공부법 전문가는 독서 전문가라고 해도 과언이 아닐 정도로 많은 책을 읽고 독서를 권한다.

여기서는 공부법 책 100권에 다수 등장한 독서 전문가들이 밝힌 독서의 장점과 독서법을 정리한다.

다만 독서법 가운데 많은 책에서 소개하는 속독법은 16위를 참조하라.

① 독서로 독해력과 교양을 익히면 자신의 가치가 올라간다

공부법 전문가들이 독서를 권장하는 이유와 장점을 정리하면 다음과 같다.

● 문장력, 국어 능력, 독해력이 생긴다

"문장력과 국어 능력은 공부와 일의 기본이다. 이 두 가지를 단련하려면 책을 읽어야 한다. 게다가 방대한 양을 읽는 것이 가장 빠른 지름길이다."(《뇌가 기뻐하는 공부법》)

● 교양이 몸에 밴다

"교양을 쌓을수록 자유로운 사고를 손에 넣게 된다. 독서만으로도 그것을 이룰 수 있다."(《철학자의 뇌를 훔쳐라》)

APU(리쓰메이칸 아시아 태평양 대학)의 학장이며 라이프넷 생명보험의 창업자인 데구치 하루아키는 《책의 사용법(本の使い方)》에서 교양을 익히는 기술로 **"사람에게 배운다, 책에서 배운다, 여행에서 배운다. 이 세 가지 외에 (…) 없다"**라며, 자기 **"인생의 50%는 책에서 배웠다"**고 밝힌다.

● 머리가 좋아진다

"책은 읽기에 따라 얼마든지 읽는 사람의 머리를 좋게 해준다. 몇몇 전문 분야는 독서를 통한 독학도 가능하다. 독서는 지금도 나에게 최고의 공부법이다."(고미야 가즈요시, 《회사에서 꼭 필요한 최소한의 독서법》, 비전코리아, 2015)

● 자기 가치를 올린다

'보물지도'와 '마법의 독서법' 제창자 모치즈키 도시타카는 《1%의 사람만이 알고 있는 마법의 독서법(1%の人だけが知っている魔法の読書法)》에서 멘토에게 배운 것으로 **자신의 가치를 올리는 것**이 중요하다고 말한다. 그 **대표적인 것이 독서, 학습, 그리고 그것을 삶에 응용하는 것**이라고 밝힌다.

② 줄을 그으면서 읽는다 vs. 절대로 줄을 긋지 않는다

책을 읽을 때 중요한 점을 알기 쉽도록 줄을 긋는 사람도 있고, 책을 더럽히고 싶지 않아 절대로 줄을 긋지 않는 사람도 있다. 이 방식은 독서 전문가들 사이에서도 의견이 나뉜다.

● 줄을 긋는 사람

야마구치 슈는 **"망설여지면 우선 언더라인을 그어놓자"**라며 밑줄을 긋는 예로 **나중에 참고할 만한 흥미로운 사실, 흥미로운 사실에서 얻을 수 있는 통찰과 시사, 통찰과 시사에서 얻을 수 있는 행동의 지침**과 같이, 세 가지로 나눈다고 말한다(《독학은 어떻게 삶의 무기가 되는가》, 앳워크, 2019).

"신경 쓰이는 곳에 줄을 긋거나 표시하는 습관을 들이면 내용에 대한 이해가 한층 깊어진다. 특히 어려운 책을 읽을 때는 이 방법이 효과적이다."(《책을 읽는 방법》)

히라노 게이치로는 《책을 읽는 방법》에서 중요하다고 생각하는 부분 외에 논리 구조를 알 수 있도록 접속사 등에도 표시를 한다고 말한다.

철학과 종교에 관련된 저서를 많이 낸 시라토리 하루히코는 《독학》에서 책의 문장에 밑줄을 긋는 의미와 효용으로 다음과 같은 점을 든다.

(1) 중요한 점을 부각시킨다.

(2) 독자적인 주장의 요점을 명확히 한다.

(3) 의문점이나 문제점에 표시한다.

(4) 시각적인 인상을 주어 내용이 기억에 남는다.

● 줄을 긋지 않는 사람

데구치 하루아키는 《책의 사용법》에서 **"줄을 긋거나 마커로 표시하거나 포스트잇을 붙이는 일도 없다. (…) 중요한 내용은 일부러 써놓지 않아도 의외로 잘 잊지 않는다"**라고 말한다.

● 두 번째, 세 번째 읽을 때 줄을 긋는 사람

"(줄을 긋는 경우) 첫 번째 읽었을 때 갑자기 줄을 긋지 않아야 한다."(《동경대 교수가 가르쳐주는 독학 공부법》)

그 이유는 줄을 많이 그으면 나중에 다시 읽을 때 어디가 정말 중요한 포인트인지 모르기 때문이다. 두 번째, 세 번째 읽을 때 흥미가 가는 부분에 줄을 긋는 것이 좋다고 밝힌다.

물론 정답은 없다. 전문가의 의견을 참고해서 자신에게 맞는 방식으로 인풋하면 된다.

③ 의문을 가지면서 읽기, 질문하면서 읽기

책 읽을 때는 멍하니 읽는 것이 아니라 의문, 질문, 목적의식, 의심하는 시선으로 읽는 것이 좋다는 공부법 전문가도 여러 명 있다.

의문, 질문, 목적의식, 의심하는 시선으로 읽는 것의 장점으로 다음 세 가지를 들 수 있다.

(1) 머릿속에 쉽게 들어간다.

(2) 기억에 쉽게 남는다.

(3) 글쓴이의 생각이 틀린 경우도 있다.

모티머 J. 애들러와 찰스 밴 도렌은 《교사 없는 독서법》(물과숲, 2021)에서 적극적인 독서를 하려면 질문하면서 읽어야 한다고 강조하면서 다음 네 가지 질문을 꼽는다.

(1) 전체적으로 무엇에 관한 책인가?

(2) 무엇이 어떻게 자세히 설명되어 있는가?

(3) 책 내용이 전체적으로 진실인가, 아니면 어느 부분이 진실인가?

(4) 거기에는 어떤 의의가 있는가?

"어째서 이렇게 되어 있는가? 아마도 이렇게 되어 있는 것이 아닐까? 이런 의문을 출발점으로 하고, 그 의문에 대한 답을 얻기 위해 인풋을 하면 인풋을 즐길 뿐 아니라 지식의 효율도, 정착률도 높아져 결과적으로 충실히 보존된다."(《독학은 어떻게 삶의 무기가 되는가》)

"그것(소설) **외에 저자의 해설이나 의견이 스며들 여지가 있는 책에 대해서는 비판적인 시선으로 읽을 필요가 있다. 저자의 주장이 옳**

은지 모르기 때문이다."(《도쿄대 No.1에게 배우는 머리를 단련하는 5가지 습관》)

이 책도 부디 의문, 질문, 목적의식, 의심하는 시선으로 읽어나가기를 바란다.

부록 1

먼저 배움의 구조를 이해하자

공부법이나 인풋 방법을 소개하는 책은 대부분 배움의 구조를 이해한 뒤, 그에 맞는 공부법을 실천하라고 강조한다.

배움의 구조에 대한 예를 들면 다음과 같다.

"인간은 어떻게 기억하는가?"

"어느 때 집중할 수 있고, 어느 때 집중할 수 없는가?"

"지속하기 위한 동기 부여는 어떻게 생기는가?"

"배움에 의욕이 생기려면 어떻게 해야 하는가?"

이런 배움의 구조를 이해하면 투자하는 시간이나 노력을 늘리지 않아도 공부의 효율을 올릴 수 있다.

이 책을 좀 더 효과적으로 활용하기 위해 우선 배움의 구조와 관련된 항목부터 훑어보기를 추천한다.

배움의 구조를 이해할 수 있는 항목

1위 반복해서 복습하기
3위 효율적인 휴식으로 학습의 질 높이기
4위 보상으로 도파민 활성화하기
8위 벼락치기를 멀리하고 잠을 푹 자기
12위 배우는 대상에 흥미 갖기
21위 인풋을 하면 반드시 아웃풋하기
34위 미루지 말고 지금 하기
40위 적당한 스트레스로 능률 높이기

1위에서 소개하는 '기억의 구조'는 Part1의 Column에서 자세히 다룬다. 그 외에도 '14위 다른 사람에게 말해 기억에 남기기', '19위 운동으로 뇌 단련하기', '26위 소리 내어 읽어 기억력 향상하기' 등도 참고할 수 있다.

배움의 구조를 이해하면 자신의 공부는 물론 주위 사람(예를 들어 아이나 부하 직원 등)의 공부를 도와줄 때도 도움이 되니 활용해보기 바란다.

부록 2

공부 단계별로 정리한 100권의 포인트

이 책에서는 공부법이나 인풋 방법에 대해 다룬 베스트셀러를 폭넓게 수집해서 분석한다.

100권의 공부법 책을 분석해서 추출한 순위에는 넓은 의미에서 좋은 배움을 위한 힌트가 중요한 순서에 따라 나열되어 있다. 1위부터 순서대로 실천하면 누구나 효율적으로 공부할 수 있을 것이다.

그런데 이 순위는 배움의 단계나 시간축을 따르는 순서가 아니다. 즉, '준비 단계에서 중요한 것은 무엇인가?' '공부 중에 유의해야 할 점은 무엇인가?' '시험 중에는 무엇이 중요한가?' '평소 두뇌 능력을 높이려면 무엇을 해야 하는가?'에 적합한 순서로 나열되어 있지는 않다.

그래서 이 책을 좀 더 잘 활용하기 위해 배움을 6단계로 나누어 각각 도움이 되는 항목을 정리했다.

배움의 6단계는 다음과 같다.

① **공부 전 준비**

② **공부 중에 중요한 것**

③ **휴식과 기분전환**

④ **학습 후 복습**

⑤ **시험 볼 때**

⑥ **마음가짐, 사고력·기억력 등 두뇌 능력 향상**

그렇다면 빠르게 알아보자.

단계① 공부 전 준비

2위	목적과 목표를 명확히 설정하기
5위	목표에서 역산해 계획 세우기
7위	집중력을 높이는 공간 만들기
10위	다른 사람에게 배우기
18위	쉬운 참고서나 입문서로 시작하기
39위	루틴이나 의식을 정해 집중력 높이기

먼저 실제로 참고서 또는 노트를 펼치거나 학교에 다니기 전에 참고할 만한 항목들을 모았다. 목표 설정과 계획, '다른 사람에게 배우기', '책으로 배우기'와 같은 학습법의 결정, 참고서 선택, 공부 환경 준비를 확실히 하면 공부를 원활하게 시작할 수 있다.

또한 여기에 모아놓은 항목은 업무를 하거나 기술을 습득할 때처럼 일을 하는 경우에도 참고할 수 있다.

단계② 공부 중에 중요한 것

9위 노트 작성할 때는 활용을 염두에 두기
11위 속도를 내거나 암기보다 내용 이해하기
15위 맞지 않는 방식 고집하지 않기
16위 속독법 터득하기
17위 시간제한을 두어 집중력과 기억력 향상하기
20위 오감을 총동원해서 배우기
23위 기출문제 잘 활용하기
25위 의문이 생기면 바로 조사하기
26위 소리 내어 읽어 기억력 향상하기
27위 기초를 철저히 공부하기
33위 멀티태스킹을 하지 않기
34위 미루지 말고 지금 하기
35위 많은 학습량 소화하기
37위 자기 수준을 정확히 파악하기

이것은 공부할 때 유의해야 할 포인트다. 어떻게 하면 더 집중하고 효율적으로 기억할 수 있는지, 합격으로 가는 최단 경로를 보여준다. 여기에 모아놓은 항목은 두뇌 능력을 더욱 발휘하기 위한 포인트라고 할 수 있다.

모든 것을 동시에 실행하기는 어려울 수 있다. 맞지 않는 방식은 제외하고, 배움의 질을 높일 수 있는 포인트를 찾아보자.

단계③ 휴식과 기분전환

3위 효율적인 휴식으로 학습의 질 높이기
8위 벼락치기를 멀리하고 잠을 푹 자기
22위 아침과 밤을 구분해서 활용하기
36위 공부 내용을 자주 바꾸기

좋은 배움에는 휴식이나 기분전환이 필수다. 특히 시험 직전처럼 다급할 때는 더 주의해야 한다. 성적을 올리기 위해 벼락치기를 하거나 휴식 또는 기분전환 없이 계속 공부하면 오히려 효율이 떨어질 수 있다.

여기에 모아놓은 항목 역시 업무를 하거나 기술을 습득할 때처럼 일을 하는 경우에도 참고할 수 있다.

단계④ 학습 후 복습

1위 반복해서 복습하기
4위 보상으로 도파민 활성화하기
13위 실패해도 지나치게 반성하지 않기
14위 다른 사람에게 말해 기억에 남기기
21위 인풋을 하면 반드시 아웃풋하기
38위 부족한 과목에서 기회 찾기

효율적인 공부법에서 중요한 점은 공부에만 매달리지 않는 것이다. 복습과 적절한 보상은 배움의 질을 향상시킨다.

여기에 모아놓은 항목을 아이의 공부를 도와주는 부모도 꼭 실천해보기 바란다. "오늘은 무엇을 공부했니?"라고 물어보거나 노력 과정을 칭찬해 아이의 학습 의욕을 증진시킨다.

단계⑤ 시험 볼 때

32위 시험 볼 때는 풀 수 있는 문제부터 풀기

40개의 항목에서 시험 중에 참고할 만한 항목은 1개다. 풀 수 있는 문제부터 풀고 풀 수 없는 문제는 깨끗이 포기하는 것이다. 실력을 최대한 발휘할 수 있는 이 요령을 알아두자.

단계⑥ 마음가짐, 사고력·기억력 등 두뇌 능력 향상

6위 틈새 시간 활용하기
12위 배우는 대상에 흥미 갖기
19위 운동으로 뇌 단련하기
24위 함께 발전해나갈 친구 사귀기
28위 다른 사람 신경 쓰지 말고 자신에게 집중하기
29위 꾸준히 조금씩 쌓아 올리기
30위 성적에 도움이 되는 식사로 바꾸기
31위 아낌없이 투자하기
40위 적당한 스트레스로 능률 높이기

마지막으로 마음가짐이나 사고력·기억력 등 두뇌 능력을 키우는 요령, 공부의 질을 높이는 평소 습관을 모았다.

'어떻게 하면 더욱 진지하게 몰입할 수 있는가?' '일상의 시간을 더욱 효과적으로 활용하려면?' '뇌의 능률을 더욱 높이려면?' 이런 생각으로 공부하면 같은 공부를 해도 더 많이 배울 수 있다.

부록 3

독서는 인생 최고의 배움이다

이 책은 어디까지나 공부법이라는 주제로 베스트셀러를 수집해 순위를 정했기 때문에 독서를 통해 배우는 (인생의) 공부는 순위 내에 다루지 않았다. 하지만 정말 많은 책에 독서의 중요성이 나와 있다. 책은 나이가 몇 살이든 계속 배우고 성장하는 데 필요한 인생의 동반자이기 때문이다.

흥미나 관심이 가는 대로 다양한 책을 읽으면 좋겠지만, 시간이 한정되어 있다.

이케가미 아키라, 오가와 히토시, 구쓰와다 다카후미, 고미야 가즈요시, 사토 마사루, 다치바나 다카시, 데구치 하루아키, 히라노 게이치로, 미즈카미 소우, 모치즈키 도시타카, 야마구치 슈, 요시모토 다카아키 등의 저자가 저서에서 읽은 책과 읽어야 할 책을 소개한다. 그중에서 여러 사람이 소개하는 책의 리스트를 정리하면 다음과 같다.

4명이 추천

- **책 이름:《성경》**
- **주요 소개 의견:**
  - 선과 악에 대해 의문이 생길 때 읽으면 좋다. 신을 믿고 좋은 일을 해도 안 좋은 일을 당하는 등 마음에 의문이 생길 때 해답을 찾을 수 있다(요시모토 다카아키).
  - 유대 기독교 세계의 내재적 논리를 알기 위한 필독서다(사토 마사루).

3명이 추천

- **책 이름:《니코마코스 윤리학(Ethika Nikomacheia)》**
- **저자: 아리스토텔레스**
- **주요 소개 의견:** 행복이란 무엇인가? 선이란 무엇인가? 잘 산다는 것은 무엇인가? 이를 철저하게 생각한 대표적 고전(데구치 하루아키).

- **책 이름:《프로테스탄티즘의 윤리와 자본주의 정신(Die protestantische Ethik und der Geistes des)》**
- **저자: 막스 베버**
- **주요 소개 의견:** 개신교를 믿는 사람이 많은 지역은 납세액이 많다. 즉 수익이 많다. 그 본질을 직업관, 윤리관에서 찾는 책(고미야 가즈요시).

- **책 이름:《영원한 평화를 위하여(Zum ewigen frieden: ein philosophischer)》**
- **저자: 이마누엘 칸트**
- **주요 소개 의견:** 세계의 평화 구축을 위해 우리는 어떤 자세를 가져야 하는가? 의지가 되는 첫 원점에 칸트의 이 책이 있다(다치바나 다카시).

- **책 이름: 《로마인 이야기(ローマ人の物語)》**
- **저자: 시오노 나나미**
- **주요 소개 의견:** 리더십을 배우는 데 카이사르만큼 축복받은 교재는 없다. 시오노 나나미의 이 책 속에 카이사르전이 담겨 있다(데구치 하루아키).

- **책 이름: 《쇼펜하우어 문장론(Parerga und Paralipomena)》**
- **저자: 아르투르 쇼펜하우어**
- **주요 소개 의견:** 독서는 방법에 따라 사람을 바보로 만들 위험이 있다. 쇼펜하우어는 이 점을 분명히 지적한다. 이 책은 철두철미하게 독서의 공죄에서 죄에 대해 고찰한다(야마구치 슈).

- **책 이름: 《자본론(Das Kapital)》**
- **저자: 카를 마르크스, 프리드리히 엥겔스**
- **주요 소개 의견:** 자본론이 설파한 노동력 상품화를 이해하지 않고서는 현대 세계를 이해할 수 없다. 《자본론》의 논리를 체득하면 자본주의 사회의 내재적 논리와 한계를 알 수 있다(사토 마사루).

- **책 이름: 《카라마조프가의 형제들(Bratya Karamazovy)》**
- **저자: 표도르 도스토옙스키**
- **주요 소개 의견:** 에베레스트를 처음 등정한 팀의 대원이었던 윌프리드 노이스가 그 원정에서 계속 읽었던 책. 그는 혹독한 자연과 투쟁하면서도 책을 놓지 않고 사색했다. 거기에 독서를 즐기는 순수한 모습이 있다(구쓰와다 다카후미).

- 책 이름: 《팡세(Pensees)》
- 저자: 블레즈 파스칼
- 주요 소개 의견: (명언에 대해) 세상에는 당연히 위험이 있다. 하지만 일일이 그것을 두려워해서는 아무것도 할 수 없다(오가와 히토시).

- 책 이름: 《중세의 가을(Herfsttij der Middeleeuwen)》
- 저자: 요한 하위징아
- 주요 소개 의견: 인간이라면 누구나 느끼는 기쁨과 슬픔이라는 마음의 움직임도 시대에 따라 다르다. 이질성도 인식해두는 것이 중요하다(구쓰와다 다카후미).

- 책 이름: 《군주론(Il Principe)》
- 저자: 니콜로 마키아벨리
- 주요 소개 의견: 리더십의 고전 중 고전. 독서는 저자와의 일대일 대화이자 훌륭한 사람과의 대화다(데구치 하루아키).

- 책 이름: 《방법 서설(Discours de la methode)》
- 저자: 르네 데카르트
- 주요 소개 의견: 10년만 지나면 잊히는 가벼운 비즈니스 책보다 내용은 어렵지만 틀림없이 사고력을 단련할 수 있다(데구치 하루아키).

- 책 이름: 《사회계약론(Du Contrat social)》
- 저자: 장 자크 루소
- 주요 소개 의견: (명언에 대해) 이 말은 태어날 때는 자유로웠던 사람이 어느새 규칙에 얽매여 자유를 잃고 만다는 뜻. 원래 인간은 자유롭다는 것을 상징적으로 표현하고 있다(오가와 히토시).

2명이 추천

책 이름	저자
《1984》	조지 오웰
《경제학·철학 초고》	카를 마르크스
《고금와카집(古今和歌集)》	
《고용, 이자 및 화폐의 일반이론》	존 메이너드 케인스
《공산당선언》	카를 마르크스, 프리드리히 엥겔스
《과학혁명의 구조》	토머스 쿤
《국가》	플라톤
《그대들, 어떻게 살 것인가》	요시노 겐자부로
《근대세계체제》	이매뉴얼 월러스틴
《금각사(金閣寺)》	미시마 유키오(三島 由紀夫)
《나는 고양이로소이다》	나쓰메 소세키
《나카하라 주야 시집(中原中也詩集)》	나카하라 주야(中原中也)
《논리철학논고》	루트비히 비트겐슈타인
《논어》	공자
《단자론》	고트프리트 빌헬름 폰 라이프니츠
《도련님》	나쓰메 소세키
《독일 이데올로기》	카를 마르크스, 프리드리히 엥겔스
《마음》	나쓰메 소세키
《바보의 벽》	요로 다케시
《사기열전》	사마천
《사회심리학 강의》	고자카이 도시아키(小坂井 敏晶)
《선악의 저편》	프리드리히 니체

책 이름	저자
《세계 15대 철학》	오이 다다시(大井 正), 데라사와 쓰네노부(寺沢恒信)
《세계의 명저》 시리즈	
《순수이성비판》	이마누엘 칸트
《슬픔의 그릇(悲の器)》	다카하시 가즈미(高橋和巳)
《신곡》	알리기에리 단테
《신약성서》	
《신좌익과 로스트 제너레이션(新左翼とロスジェネ)》	스즈키 히데오(鈴木英生)
《실용주의》	윌리엄 제임스
《실패의 본질(失敗の本質)》	도베 료이치(戸部良一) 외
《언덕 위의 구름(坂の上の雲)》	시바 료타로(司馬遼太郎)
《역사》	헤로도토스
《오이디푸스왕》	소포클레스
《윤리학》	바뤼흐 스피노자
《이기적 유전자》	리처드 도킨스
《이중나선》	제임스 왓슨
《이키의 구조(いきの構造)》	구키 슈조(九鬼周造)
《자유로부터의 도피》	에리히 프롬
《제2의 성》	시몬 드 보부아르
《제국주의, 자본주의의 최고 단계》	블라디미르 일리치 레닌
《존재와 시간》	마르틴 하이데거
《종의 기원》	찰스 다윈
《죄와 벌》	표도르 도스토옙스키

책 이름	저자
《중국 고전 명언사전(中国古典名言事典)》	모로하시 데쓰지(諸橋轍次)
《직업으로서의 정치》	막스 베버
《차라투스트라는 이렇게 말했다》	프리드리히 니체
《코란》	
《파이드로스》	플라톤
《행복론》	알랭
《향연》	플라톤

공부법 베스트셀러 100권의 포인트

후지요시 유타카

이 책은 공부법 베스트셀러 100권에 소개된 노하우, 테크닉, 마음가짐을 한 권으로 정리한 것이다.

각 책의 내용을 파악하고, 공통점을 찾아 항목화한 뒤, 표 계산 소프트웨어로 집계해 순위를 정했다.

정리 작업은 사실을 기반으로 했다. 객관성을 확보하기 위해 필자가 100권의 공부법 책에서 무엇을 배웠는지는 언급하지 않았다.

내가 100권의 공부법 책에서 무엇을 배웠는지 포인트를 한 문장으로 정리하고자 한다.

결국은 자신에게 맞는 공부법을 찾는 것이 지름길이다

공부법 책 100권의 공부법 포인트를 한 문장으로 정리하면 이런 느낌이지 않을까 싶다.

"**목적을 명확히 정한 뒤 기억의 구조를 바탕으로 한 방법**을 여러모로 시도해보면서 **자신에게 맞는 공부법을 찾는다**."

● 목적을 명확히 정한다

목적에 대해 아무 생각이 없거나 막연하게 생각하면 동기 부여가 지속되지 않는다. 공부의 목적을 명확히 정하지 않으면 한정된 시간 안에 효율적으로 공부하기 어렵다.

● 기억의 구조를 바탕으로 한 방법

뇌과학(뇌의 기능을 연구하는 학문)이 점점 발달해 기억의 메커니즘이 밝혀지고 있다. 공부할 때는 무작정 돌입하는 것이 아니라 뇌과학에 의거한 공부법을 도입하는 것이 중요하다.

학습 내용을 확실하게 장기 기억으로 남기려면 기억 구조에 적합한 방법을 실천해야 한다.

● 자신에게 맞는 공부법을 찾는다

100권의 공부법 책에 소개된 공부법은 어떤 방법이든 누군가 이미 성과를 낸 공부법, 기억의 구조에 의거한 공부법이기 때문에 효과를 기대할 수 있다.

하지만 100명이 있을 경우 100명 모두가 효과를 보는 완전무결한 공부법은 존재하지 않는다. 뇌의 기본적인 구조는 누구나 같지만 적합한 사람과 부적합한 사람이 있고, 잘하고 못하고의 차이도 있기 때문이다.

사람마다 의욕이 생기는 계기, 반복하는 횟수, 기초 지식 수준, 공부에 쓸 수 있는 시간, 라이프스타일 등이 다르다. 그래서 자신에게 맞는 공부법을 확립하는 것이 중요하다.

누군가 이미 성과를 낸 공부법, 기억의 구조를 바탕으로 한 공부법 중에서 몇 가지를 시도해본다. 그리고 맞지 않으면 다른 방법을 시도한다. 혹은 자신에게 맞도록 변형해본다.

누군가에게 최적의 공부법이 자신에게도 최적이라고 할 수는 없다. 이를 염두에 두고, 시행착오를 감수한다는 자세가 중요하다.

✓ 공부는 왜 필요할까?

100권의 공부법 책을 읽고 비교해보니 공부법에 대한 의견이 서로 다른(대립하는) 경우도 있었다.

예를 들어, 말짓기놀이는 의미가 없다는 저자도 있고, 도움이 된다는 저자도 있다.

공부 환경을 조성해야 한다는 의견도 있고, 필요하지 않다는 의견도 있다.

계획을 세워야 한다고 제안하는 책도 있고, 계획에 얽매이지 말고 자신이 하고 싶은 공부를 해야 한다고 제안하는 책도 있다.

저자의 지식에 따라서도 공부 방법에 차이가 있다. 하지만 100권의 공부법 책에서 모두 예스라고 인정한 것이 딱 하나 있다. 그것은 '공부는 인생에 도움이 된다'는 점이다.

글로 직접 표현하지는 않았지만 공부법 책 100권의 저자는 한 사람의 예외도 없이 이렇게 생각한다.

'공부는 인생에 도움이 된다.'

'공부는 하는 편이 좋다.'

그래서 공부법 책을 집필한 것이다.

그렇다면 공부는 왜 중요할까? 공부가 무슨 소용이 있을까?

내가 100권의 공부법 책에서 읽어낸 키워드는 **'넓어진다(펼치다)'**이다.

'공부하면 할 수 있는 일이 넓어진다.'

'교양을 갖추면 지식의 폭이 넓어진다.'

'몰랐던 것을 알게 되면 시야가 넓어진다.'

'장래 선택지나 가능성이 넓어진다.'

'수험 친구(함께 공부하는 사람)가 있으면 인간관계가 넓어진다.'

공부를 하는 것은 결국 '자기 능력을 펼치기 위해서' 아닐까?

- 왜 공부를 하는가?

↓

자기 능력을 펼치기 위해서

- 어떻게 공부하면 좋을까?

↓

목적을 명확히 정한 뒤 기억 구조에 의거한 방법을 여러모로 시도해보면서 자신에게 맞는 공부법을 찾는다

이것이 공부법 책 100권을 읽고 내린 결론이다.

이 책이 독자 여러분의 인생을 펼쳐나가는 계기가 되기를 바란다.

| 맺음말 2 |

잘될 것이다

오가와 마리코

초등학교 시절 집 근처에 새로운 구립 도서관이 생겼다. 그곳은 큰 창문으로 자연광이 들어오고 항상 쾌적한 온도를 유지했으며 분위기가 조용했다. 소파는 너무 딱딱하지도, 너무 푹신하지도 않았고 도서관을 채운 새 책들은 반질거렸다.

도서관에 들어섰을 때 새 책 냄새가 코에 스며들면 '숨만 쉬어도 머리가 좋아질 것 같아'라고 진심으로 생각하곤 했다. 나는 대번에 그 도서관이 좋아졌다.

아동서를 읽거나, 수영장에 갔다가 바람을 쐬러 가거나, 때로는 기둥 그늘에 숨어 낮잠을 자기도 하는 등 나는 그 도서관에 자주 신세를 졌다.

대학 입시 공부를 할 때는 매일 그 도서관에 다녔다. 그러다가 공부하러 온 같은 세대 고등학생과 입시 학원생 대여섯 명과 이야기를 나누다가 그룹이 생겨 어느새 같이 공부하게 되었다.

"이 참고서는 이해하기 쉽더라."

"그 문제집은 너무 어려웠어!"

이렇게 정보 교환을 하기도 했다.

"이번 모의고사 순위가 좀 올라갔어!"

"난 완전히 망했어."

모의고사 결과를 놓고 함께 기뻐하거나 슬퍼했고, 때로는 서로 가르쳐주며 학습에 매진했다.

그런 시간들이 나를 대학 합격으로 이끌어주었다.

이 책의 공부 비법으로 말하자면, '24위 함께 발전해나갈 친구 사귀기'에 해당한다.

계속 혼자 공부해야 집중이 잘 되는 사람도 있겠지만, 나는 친구가 있어야 힘이 나는 스타일이다.

혼자 있을 때도 공부했지만, 함께 열심히 하는 친구가 있다는 점이 나에게 용기를 북돋워주었다.

가끔 "잘될 거야!" "괜찮아"라고 건네준 말도 격려가 되었다.

나를 제외하고 그룹 모두가 우수하고 성실한 사람들이었던 것도 참 다행이었다. 그들이 나를 이끌어준 셈이다.

☑ 나이를 먹어도 배움은 즐겁다

우리 회사 '분도'는 글쓰기 기술이나 말의 소중함을 전달하고 싶다는 생각에서 출발했다. 글쓰기 강좌를 개최하기도 한다.

나는 요즘 글 쓰는 일과 회사 일을 병행하고 있다. 그로 인해 사람들 앞에서 이야기할 기회가 많아졌다.

나는 원래 사람들 앞에 나서서 이야기하는 데 서툴다. 하지만 글쓰기 강좌나 강의를 하는 이상 그렇게 말할 수 없다. 그래서 청중에게 전달하는 말솜씨를 조금이라도 더 갖추고자 말하기 교실에 다니고 있다. 결국 나는 사람들에게 직접 배우는 것을 좋아하고, 성격에도 맞는 듯하다.

말하기 교실 선생님은 내가 스스로 잘 알아차리지 못하는 말버릇, 다른 사람이 들었을 때 듣기 어려운 말 등을 지적해준다. 나는 지적받은 버릇을 하나씩 고쳐나가면서 한 걸음씩 전진하고 있다고 느낀다.

무언가를 배우고 발전한다고 느끼는 것은 나이를 먹어도 기쁜 일이다.

세계적으로 주목받은 영화 〈드라이브 마이 카(Drive My Car)〉의 원작자 무라카미 하루키의 데뷔작 《바람의 노래를 들어라》에 이런 문장이 있다.

"모든 것에서 무언가 배우려는 자세를 유지하는 한, 늙어가는 것이 그리 큰 고통은 아니다."

이 말에 절실히 공감하는 중이다.

잘될 것이다

이제 이 책에 관한 이야기를 해보려고 한다.

이 책은 공부법 전문가들이 수험생이었을 때의 에피소드를 몇 가지 소개한다. 사실 공부법 책 100권 중에는 공부 에피소드, 합격 수기가 많이 나온다. 이 책에 소개한 내용은 극히 일부에 불과하다.

많은 공부법 전문가가 합격 수기를 읽어보라고 권한다.

이 책에서는 최대한 실감나도록 공부법 전문가들이 말한 핵심 내용을 가능한 한 많이 인용했다.

이어서 참고한 책의 목록을 소개하니 궁금한 부분은 더 찾아보기 바란다. 그러면 배움이 더욱 깊어질 것이다.

마지막으로, 지금 입시나 자격증 시험 등을 목표로 공부하는 사람, 앞으로 어떤 공부를 하고자 마음먹은 사람은 목표를 달성하기를 진심으로 기원한다.

그리고 상반되는 듯하지만, 결과가 어떻게 되든 새로운 시작을 즐겼으면 한다.

메이지 대학의 사이토 다카시 교수는 **"지금 있는 선택지 중에서 나는 최고의 선택을 했다, 혹은 지금 내가 할 수 있는 최선을 다했다고 말할 수 있다면 그 결과에 후회하지 않을 것이다. 전환력은 앞으**

로의 시대에 더욱 필요하다. 살아가는 힘이 되기 때문이다"라고 했다(《내 아이의 머리가 좋아진다는 것》).

어떤 결과가 나오든 그 후에도 선택지는 무수히 있다. 다시 걷기 시작하면 잘될 것이다. 나는 그렇게 믿는다.

| 참고 도서 100권 목록 |

이 책에서는 다음 선정 기준을 바탕으로 공부법 책을 수집해 조사했다.

- 공부법, 독학, 기억술, 독서법, 학습법, 두뇌 단련 등 학습, 인풋, 지적 능력 향상을 주제로 한 책.
- 1989년 이후 종이 또는 전자매체로 간행된 서적. 시대에 따라 공부 스타일이나 학습 내용이 변화할 가능성이 있기 때문이다.
- 베스트셀러, 스테디셀러인 서적. 더 많은 사람이 활용하고 있는 규칙을 추출하기 위해 판매 부수나 서적의 평가를 토대로 선택했다.

다만 위 조건을 충족하지 않더라도 영향력의 크기를 감안해 다음과 같은 서적은 조사 대상에 포함시켰다

- 1989년 이전에 간행된 것으로 1989년 이후 베스트셀러, 스테디셀러로 인정받거나 연간 베스트셀러 순위에 오른 서적. 1989년 이후 개정판이 간행된 서적.
- 코로나19 사태 이후 급증한 재택 학습에 관한 서적.
- 역사에 이름을 올린 위인(마르쿠스 아우렐리우스, 후쿠자와 유키치 등)이 시간 사용법과 학습법에 대해 쓴 서적.

• 도서 목록

1 《0초 사고》, 아카바 유지, 이영미 옮김, 열린책들, 2015.
2 《1%의 사람만이 알고 있는 마법의 독서법(1%の人だけが知っている魔法の読書法)》, 모치즈키 도시타카(望月俊孝), 이스트 프레스.
3 《13세부터 머리가 좋아지는 요령 대전(13歳からの頭がよくなるコツ大全)》, 오노다 히로카즈(小野田博一), PHP연구소.
4 《1년에 500권 마법의 책읽기》, 소노 요시히로, 조미량 옮김, 물병자리, 2010.
5 《3, 7, 10세 공부두뇌를 키우는 결정적 순간》, 하야시 나리유키, 김정연 옮김, 테이크원, 2012.
6 《30일 합격 필살기》, 우쓰데 마사미, 김상두 옮김, 넓은들, 2017.
7 《7번 읽기 공부법》, 야마구치 마유, 류두진 옮김, 위즈덤하우스, 2015.
8 《90% 합격하는 공부법(9割受かる勉強法)》, 마쓰바라 가즈키(松原一樹), 다이아몬드사.
9 《AI에 지지 않는 아이 키우기(AIに負けない子どもを育てる)》, 아라이 노리코(新井紀子), 도요케이자이신보사.
10 《Mr. 샐러리맨 공부 필살기》, 가마타 히로키, 김윤수 옮김, 동아일보사, 2010.
11 《공부 결과는 책상에 앉기 전에 결정된다(勉強の結果は机に向かう前に決まる)》, 이케다 준(池田 潤), 선마크출판.
12 《공부가 좋아진다(勉強が好きになる－学校では教えてくれない大切なこと13)》, 오분샤(旺文社) 편집부, 오분샤.
13 《공부대전(勉強大全－ひとりひとりにフィットする1からの勉強法)》, 이자와 다쿠시(伊沢拓司), 가도카와.
14 《공부를 공부하라》, 쇼지 마사히코, 김현우 옮김, 좋은날들, 2012.

15 《공부의 비밀》, 베네딕트 캐리, 송정화 옮김, 문학동네, 2016.
16 《공부의 철학》, 지바 마사야, 박제이 옮김, 책세상, 2018.
17 《교사 없는 독서법》, 모티머 J. 애들러·찰스 밴 도렌, 독고 앤 옮김, 물과숲, 2021.
18 《교토대 연예인(京大芸人)》, 스가 히로후미(菅 広文), 겐토샤.
19 《그릿(Grit)》, 앤절라 더크워스, 김미정 옮김, 비즈니스북스, 2022.
20 《기억력 학습법》, 이케가야 유지, 김준 옮김, 지상사, 2006.
21 《기억력을 5배 높이는 3분 기억술》, 이케다 요시히로, 정문주 옮김, 쌤앤파커스, 2020.
22 《기억술(記憶術—心理学が発見した20のルール)》, 미나미 히로시(南博), 고분샤.
23 《기억은 스킬(記憶はスキル—科学的研究でわかった! 人生が10倍楽しくなる記憶のルール)》, 구로야나기 게이스케(畔柳圭佑), 크로스미디어 퍼블리싱.
24 《꿈을 이루기 위한 공부법(夢を叶えるための勉強法)》, 스즈키 히카루(鈴木光), 가도카와.
25 《내 아이의 머리가 좋아진다는 것》, 사이토 다카시, 황혜숙 옮김, 창심소, 2021.
26 《뇌 1%만 바꿔도 인생이 달라진다》, 가토 도시노리, 이진원 옮김, 나라원, 2018.
27 《뇌가 기뻐하는 공부법》, 모기 겐이치로, 이근아 옮김, 이아소, 2009.
28 《뇌구 의욕의 비밀(のうだま やる気の秘密)》, 가미오오카 도메(上大岡トメ)·이케가야 유지(池谷有二), 겐토샤.
29 《뇌는 달리고 싶다》, 안데르스 한센, 김성훈 옮김, 반니, 2019.
30 《뇌를 단련하다: 도쿄대 강의 1》, 다치바나 다카시, 이규원 옮김, 청어람미디어, 2014.
31 《대량으로 외워서 절대 잊지 않는 종이 한 장 공부법(大量に覚えて絶対忘れない紙1枚勉強法)》, 다나다 겐타로(棚田健大郎), 다이아몬드사.
32 《대합격(大合格—参考書じゃなくオレに聞け!)》, 나카타 아쓰히코(中田敦彦), 가도카와.
33 《데이터가 뒤집은 공부의 진실》, 나카무로 마키코, 유윤한 옮김, 로그인, 2016.

34 《도쿄대 No.1에게 배우는 머리를 단련하는 5가지 습관(東大No.1頭脳が教える頭を鍛える5つの習慣)》, 미즈카미 소우(水上颯), 미카사쇼보.
35 《도쿄대 과외선생이 알려주는 머리가 좋아지는 공부법(東大家庭教師が教える頭が良くなる勉強法)》, 요시나가 겐이치(吉永賢一), 주케이출판.
36 《도쿄대 합격생 노트 비법》, 오타 아야, 김성은 옮김, 중앙북스, 2010.
37 《도해 동기 부여 대백과(図解モチベーション大百科)》, 이케다 다카마사(池田貴将), 생크추어리출판.
38 《독서의 기법(読書の技法)》, 사토 마사루(佐藤優), 도요게이자이신보사.
39 《독서의 방법(読書の方法－なにを, どう読むか)》, 요시모토 다카아키(吉本隆明), 고분샤.
40 《독학》, 시라토리 하루히코, 송태욱 옮김, 이룸북, 2015.
41 《독학은 어떻게 삶의 무기가 되는가》, 야마구치 슈, 김지영 옮김, 앳워크, 2019.
42 《동경대 교수가 가르쳐주는 독학 공부법》, 야나가와 노리유키, 손영석 옮김, 스타북스, 2015.
43 《두뇌의 힘 100% 끌어올리기》, 쓰키야마 다카시, 이민영 옮김, 케이펍, 2008.
44 《레버리지 러닝》, 혼다 나오유키, 박성주 옮김, 미들하우스, 2008.
45 《마인드맵 자격증 시험 공부법(マインドマップ資格試験勉強法)》, 하기와라 교지(萩原京二)·곤도 데쓰오(近藤哲生), 디스커버 트웬티원.
46 《마인드셋》, 캐럴 드웩, 김준수 옮김, 스몰빅라이프, 2023.
47 《머리가 갑자기 예리해지는 우뇌자극법(頭が突然鋭くなる右脳刺激法－見たものを20秒で完全記憶できる)》, 시나가와 요시야(品川嘉也), 세이슌출판사.
48 《명상록》, 마르쿠스 아우렐리우스, 박문재 옮김, 현대지성, 2018.
49 《모눈노트 공부법》, 다카하시 마사후미, 홍성민 옮김, 알에이치코리아, 2016.
50 《무엇을 위해 배우는가(なんのために学ぶのか)》, 이케가미 아키라(池上彰), SB크리에이티브.
51 《무적의 독학술(無敵の独学術)》, 니시무라 히로유키(西村博之), 다카라지마샤.

52 《부모와 자식이 함께하기 때문에 가능한 중학생의 공부 대전(親子で一緒にやるからできる中学生の勉強大全)》, 미치야마 게이(道山ケイ), 슈후노토모샤.
53 《부자들의 초격차 독서법》, 가미오카 마사아키, 장은주 옮김, 쌤앤파커스, 2021.
54 《생각의 틀을 바꿔라》, 도야마 시게히코, 전경아 옮김, 책이있는풍경, 2015.
55 《생각하는 기술과 지두력을 단숨에 터득하는 도쿄대 사고(考える技術と地頭力がいっきに身につく東大思考)》, 니시오카 잇세이(西岡壱誠), 도요게이자이신보사.
56 《생각하는 힘을 기르는 책(考える力をつける本－本·ニュースの読み方から情報整理, 発想の技術まで)》, 구쓰와다 다카후미(轡田隆史), 미카사쇼보.
57 《성공을 끌어오는 마음의 법칙》, 쉬브 케라, 백지연 옮김, 물병자리, 2001.
58 《성과의 방정식(成果の方程式)》, 하기와라 유토(萩原湧人), 갓켄플러스.
59 《세계 최고 석학들이 추천하는 자녀교육 베스트 100》, 가토 노리코, 윤지나 옮김, 서사원, 2021.
60 《세상의 똑똑한 사람들이 하고 있는 일을 한 권으로 정리했다(世界の頭のいい人がやっていることを1冊にまとめてみた)》, 나카노 노부코(中野信子), 아스콤.
61 《쇼펜하우어 문장론》, 쇼펜하우어, 김욱 옮김, 지훈, 2019.
62 《순독(瞬読－1冊3分で読めて, 99%忘れない読書術)》, 야마나카 에미코(山中恵美子), SB크리에이티브.
63 《시간 낭비를 확 줄여주는 초효율 공부법》, 멘탈리스트 다이고, 김선숙 옮김, 더메이커, 2020.
64 《신의 동기 부여(神モチベーション－やる気しだいで人生は思い通り)》, 호시 와타루(星渉), SB크리에이티브.
65 《심플한 공부법이 이긴다》, 고노 겐토, 신은주 옮김, 더퀘스트, 2020.
66 《아웃라이어》, 말콤 글래드웰, 노정태 옮김, 최인철 감수, 김영사, 2009.
67 《아지랑이 데이즈로 중학생부터의 공부법을 재미있게 배우는 책(カゲロウデイズで中学生からの勉強法が面白いほどわかる本)》, 진(じん)의 〈자연의 적 P(自然の敵P)〉(원작), 가도카와.
68 《야수의 집중력》, 스즈키 유, 홍미화 옮김, 윌컴퍼니, 2021.
69 《어른을 위한 공부법(大人のための勉強法)》, 와다 히데키(和田秀樹), PHP연

구소.
70《연봉 10배 올리는 공부법》, 가쓰마 가즈요, 나지윤 옮김, 말글빛냄, 2007.
71《영어로 일류를 키운다(英語で一流を育てる－小学生でも大学入試レベルがスラスラ読める家庭学習法)》, 히로쓰루 마리(廣津留真理), 다이아몬드사.
72《우리가 매일 하는 최강의 독서법(僕らが毎日やっている最強の読み方－新聞·雑誌·ネット·書籍から知識と教養を身につける70の極意)》, 이케가미 아키라(池上彰)·사토 마사루(佐藤優), 도요게이자이신보사.
73《운동화 신은 뇌》, 존 레이티·에릭 헤이거먼, 이상헌 옮김, 김영보 감수, 북섬, 2009.
74《유능한 사람의 공부법(できる人の勉強法－短時間で成果をあげる)》, 야스코우치 데쓰야(安河内哲也), 주케이출판.
75《이토록 공부가 재미있어지는 순간》, 박성혁, 다산북스, 2023.
76《자신을 바꾼다!(自分を変える!－大人の学び方大全)》, 미야자키 신지(宮崎伸治), 세카이분카샤.
77《작심삼일과 인연 끊기》, 하이디 그랜트 할버슨, 전해자 옮김, 에이지21, 2017.
78《젊어지는 두뇌 습관》, 존 메디나, 서영조 옮김, 장동선 감수, 프런티어, 2018.
79《정답부터 보는 꼼수 공부법》, 사토 야마토, 엄선옥 옮김, 위즈덤하우스, 2016.
80《정말로 학력을 기르는 책(本当の学力をつける本－学校でできること 家庭でできること)》, 가게야마 히데오(陰山英男), 분게이슌주.
81《중학생부터 공부하는 방법(中学生からの勉強のやり方－新学習指導要領対応)》(改訂版), 시미즈 아키히로(清水章弘), 디스커버 트웬티원.
82《지두력》, 호소야 이사오, 홍성민 옮김, 이레, 2008.
83《지의 정원》, 다치바나 다카시·사토 마사루, 박연정 옮김, 예문, 2010.
84《진짜 공부법(本物の勉強法)》, 시라카와 다카히로(白川敬裕), 다이아몬드사.
85《집공부 강화서》, 하 이치, 전경아 옮김, 지상사, 2022.
86《책을 읽는 방법》, 히라노 게이치로, 김효순 옮김, 문학동네, 2008.
87《책의 사용법(本の使い方－1万冊を血肉にした方法)》, 데구치 하루아키(出口治明), 가도카와.
88《철학사의 뇌를 훔쳐라》, 오가와 히토시, 박재현 옮김, 글로세움, 2013.

89 《초학습법》, 노구치 유키오, 김용운 옮김, 중앙M&B, 1996.
90 《최강 뇌(Hjarnstark junior)》, 안데르스 한센(Anders Hansen), 보니에르 파크타(Bonnier Fakta).
91 《최강의 인생》, 데이브 아스프리, 신솔잎 옮김, 비즈니스북스, 2019.
92 《토니 부잔의 마인드맵 두뇌사용법》, 토니 부잔, 권봉중 옮김, 비즈니스맵, 2010.
93 《포토리딩》, 폴 쉴리, 박연선 옮김, 럭스미디어, 2003.
94 《하루 5분, 뇌력 낭비 없애는 루틴》, 가바사와 시온, 신찬 옮김, 매일경제신문사, 2020.
95 《하면 안 되는 공부법(やってはいけない勉強法)》, 이시이 다카시(石井貴士), 기즈나출판.
96 《하버드 최강 공부법》, 이노마타 다케노리, 조소영 옮김, 비즈니스북스, 2016.
97 《학년 꼴찌 불량소녀가 1년 만에 편차치 40을 올려 게이오 대학에 현역 합격한 이야기(学年ビリのギャルが1年で偏差値を40上げて慶應大学に現役合格した話)》(文庫特別版), 쓰보타 노부타카(坪田信貴), 가도카와.
98 《학문의 권장》, 후쿠자와 유키치, 남상영·사사가와 고이치 옮김, 소화, 2003.
99 《학습천재가 되는 11가지 공부 비결》, 바버라 오클리·올라브 슈위, 정윤미 옮김, 이영구 감수, 골든어페어, 2021.
100 《합격 신 엄마의 영재 교육법》, 사토 료코, 박혜림 옮김, 스타북스, 2015.
101 《현역 도쿄대생이 몰래 하고 있는 머리가 좋아지는 공부법(現役東大生がこっそりやっている頭がよくなる勉強法―ビジネスでも, 資格取得でもすごい効果! 頭がいいと言われる人は勉強法も賢い!)》, 시미즈 아키히로(清水章弘), PHP연구소.
102 《혼자 공부하는 시간의 힘》, 책 읽는 원숭이, 정현옥 옮김, 웅진지식하우스, 2021.
103 《회사에서 꼭 필요한 최소한의 독서법》, 고미야 가즈요시, 정윤아 옮김, 비전코리아, 2015.

| 감사의 말 |

후지요시 유타카와 오가와 마리코의 세 번째 공저가 세상에 나왔다. 첫 번째, 두 번째 책에 이어 이번에도 많은 분의 도움을 받았다. 진심으로 감사의 마음을 전한다.

- 주식회사 닛케이BP 미야모토 사오리(이 책의 편집 담당자. 상담을 청할 때마다 어떤 어려운 문제도 단번에 해결해주셨다. 정확하고 흔들림 없는 지도에 고마운 마음뿐이다).
- 클로로스의 사이토 미쓰루(이 책의 본문 디자인을 담당했다. 글자의 미묘한 간격까지 철저히 신경 써주셨다. 후지요시와 오가와가 가장 신뢰하는 인기 디자이너).
- 크란(krran)의 니시타루미 아쓰시, 마쓰야마 지히로(표지 디자인 담당).
- 다이소우잔 후쿠곤지 다이구겐쇼 주지스님(주식회사 분도의 이름을 지어주신 분).
- 부녀자회 라이터부/이시자키 아야, 사토 에리(분도에서 여는 라이팅 강좌 수강생. 100권의 책을 고르는 일을 도와주었다).

- 이사 구미코(오키나와에 사는 만능 재주꾼. 정보 정리의 달인).
- 와타누키 도모야(수험 지도 경험자 입장에서 조언을 해주었다).
- 이 책에서 다룬 100권의 저자.
- 이 책을 선택해주신 독자들.

마지막으로 항상 버팀목이 되어주는 가족에게 감사를 전한다.

공부의 고수들이 들려주는
공부의 기술

초판 1쇄 인쇄 | 2024년 3월 20일
초판 1쇄 발행 | 2024년 3월 25일

지은이 | 후지요시 유타카·오가와 마리코
옮긴이 | 최화연
펴낸이 | 조승식
펴낸곳 | 도서출판 북스힐
등록 | 1998년 7월 28일 제22-457호
주소 | 서울시 강북구 한천로 153길 17
전화 | 02-994-0071
팩스 | 02-994-0073
인스타그램 | @bookshill_official
블로그 | blog.naver.com/booksgogo
이메일 | bookshill@bookshill.com

정가 16,000원
ISBN 979-11-5971-560-0